CARAMBAIA

11

Contos de assombro

Autores
**Ivan Turguêniev
E. T. A. Hoffmann
Luigi Pirandello
Robert Louis Stevenson
M. R. James
Émile Zola
Washington Irving
Horacio Quiroga
Leonid Andrêiev
João do Rio
Virginia Woolf
Humberto de Campos
Edith Wharton
Charles Nodier
Leopoldo Lugones
Medeiros e Albuquerque
Emilia Pardo Bazán
Edgar Allan Poe
Guy de Maupassant**

Tradução
**Ari Roitman
Fábio Bonillo
Ivone Benedetti
Maria Aparecida Barbosa
Maurício Santana Dias
Paula Costa Vaz de Almeida
Paulina Wacht
Tamara Sender**

Seleção e posfácio
Alcebíades Diniz

O CACHORRO 7
Ivan Turguêniev

NOTÍCIA DE UM
HOMEM CONHECIDO OU
O DIABO EM BERLIM 29
E. T. A. Hoffmann

O SOPRO 39
Luigi Pirandello

JANET, A TRONCHA 57
Robert Louis Stevenson

O ÁLBUM DO
CÔNEGO ALBERICO 73
M. R. James

UMA JAULA DE
ANIMAIS FEROZES 91
Émile Zola

O DIABO E TOM WALKER 101
Washington Irving

O ARAME FARPADO 121
Horacio Quiroga

A PAZ 137
Leonid Andrêiev

PAVOR 149
João do Rio

A MULHER NO ESPELHO –
UMA REFLEXÃO 157
Virginia Woolf

O JURAMENTO 167
Humberto de Campos

A PLENITUDE DA VIDA 175
Edith Wharton

O PACTO INFERNAL –
PEQUENO ROMANCE 191
Charles Nodier

O ESPELHO NEGRO 201
Leopoldo Lugones

O SOLDADO JACOB 209
Medeiros e Albuquerque

IRMÃ APARICIÓN 217
Emilia Pardo Bazán

UM SONHO 225
Edgar Allan Poe

Ensaio
ADEUS, MISTÉRIOS 231
Guy de Maupassant

POSFÁCIO 239
Alcebíades Diniz

O cachorro
Ivan Turguêniev

Título original
Собака **[1864]**

Tradução
**Paula Costa Vaz
de Almeida**

IVAN TURGUÊNIEV (1818-1883) foi um dos expoentes do realismo russo em suas múltiplas vertentes narrativas (conto, romance, drama), ao lado de nomes como Dostoiévski ou Tolstói. Seu romance *Pais e filhos* (1862), reconhecidamente uma obra-prima, ainda é continuamente relançado.

O conto *O cachorro* foi escrito em Paris, entre 3 e 5 de abril de 1864, e foi publicado na revista *Epokha*, então editada por Dostoiévski, em 1866.

– MAS, SE ADMITÍSSEMOS A POSSIBILIDADE DO SObrenatural, a possibilidade de sua interferência na vida real, caberia, então, perguntar que papel desempenharia, depois disso, o bom senso – propôs Anton Stepanitch e cruzou os braços.

Anton Stepanitch ocupara um cargo de conselheiro de Estado, servira em algum departamento obscuro e, impondo-se com uma voz firme e grave, apreciava ser tratado com respeito por todos. Tinha, como diziam os que o invejavam, "a cruz da Ordem de Santo Estanislau cravada na pele".

– É perfeitamente possível – notou Skvoriévitch.

– Contra isso ninguém argumentará – acrescentou Kinariévitch.

– Estou plenamente de acordo – disse do seu canto, com uma vozinha de falsete, o dono da casa, Finoplentof.

– E eu admito que não poderia concordar mais, uma vez que comigo já se passou algo sobrenatural – se pôs a falar um homem de meia-idade, de estatura mediana, careca, com uma voz de contrabaixo, que estava sentado atrás do fogão e permanecera calado até aquele momento. Os olhos de todos os presentes voltaram-se para ele com curiosidade e desconfiança. Fez-se um silêncio.

O homem era um pequeno proprietário de terras de Kaluga, recém-chegado a Petersburgo. Serviu durante algum tempo nos hussardos, arruinou-se no jogo, aposentou-se e estabeleceu-se na aldeia. Os últimos ajustes econômicos haviam reduzido suas receitas, então partira para a capital em busca de um lugarzinho amigável. Não tinha nenhuma habilidade especial nem conhecidos importantes; mas tinha muita esperança na amizade de um antigo companheiro de serviço que de repente, sem nenhum motivo aparente, se tornou uma pessoa importante, e a quem o pequeno proprietário ajudara pegando um trapaceiro. Além disso, confiava em sua sorte – e ela não tinha mudado; em alguns dias assumiria a posição de supervisor de uma loja oficial, uma posição privilegiada e que não exigia grandes talentos: a própria loja existia apenas como especulação e ainda não estava muito claro do que iria se ocupar, mas eles haviam inventado um novo tipo de economia administrativa.

Anton Stepanitch interrompeu a apatia geral.

– E então, meu caro senhor! – começou ele –, é verdade quando o senhor diz que viveu algo sobrenatural, quero dizer, algo que não está de acordo com as leis da natureza?

– Sim, sim, é verdade – sustentou o "caro senhor", cujo nome era Porfíri Kapitonitch.

– Que não está de acordo com as leis da natureza! – repetiu com entusiasmo Anton Stepanitch, que, pelo visto, apreciara a frase.

– Pois justamente... tal qual o senhor se dignou definir.

– Extraordinário! E o que os senhores acham? – Anton Stepanitch tentou imprimir traços irônicos à sua expressão, mas não teve esse efeito e, sinceramente, pareceu apenas que o senhor conselheiro de Estado tinha sentido um mau cheiro. – Eu o incomodaria, meu caro senhor – continuou, dirigindo-se ao proprietário de terras de Kaluga –, se lhe pedisse que nos desse detalhes desse curioso acontecimento?

– Incômodo nenhum! – respondeu o proprietário, que, sem cerimônia, caminhou até o centro da sala e começou a falar assim:

– Como deve ser do conhecimento dos senhores, ou talvez não, tenho uma pequena propriedade no município de Kozelsky. Eu costumava conseguir tirar dela algum proveito, mas agora, como se sabe, não me dá nada além de problemas, e prevê-los é impossível. Mas basta de política! Bem, nessa minha propriedade, há uma pequena fazenda: uma horta, como de costume, um laguinho com peixinhos dourados, algumas construções, enfim, e uma casinha para repousar meu corpo pecador... Sou solteiro. Eis que, um dia, isso deve já fazer uns seis anos, retornei à minha casa bastante tarde: estava jogando cartas na casa de um vizinho, mas, além disso, nenhuma outra estripulia, como se diz; despi-me, deitei-me e apaguei a vela. E, imaginem os senhores, assim que apaguei a luz, algo começou a agitar-se embaixo de minha cama! Pensei: é um rato? Não, não é um rato: está se coçando, se remexendo, se roçando... Finalmente, abana as orelhas!

– Estava claro: era um cachorro. Mas de onde tinha vindo esse cachorro? Teria fugido de alguma casa? Chamo meu servo: "Filka!". Ele vem com uma vela. "O que é isso?", digo. "Meu irmão Filka, o que você foi aprontar? Tem um cachorro debaixo da minha cama!" "O quê, um cachorro?", ele me responde. "E sou eu que devo saber?", digo, "esta é sua função, Filka: garantir que seu senhor não seja incomodado". Meu Filka curvou-se e iluminou debaixo da cama. "Aqui não tem cachorro nenhum." Curvei-me também: de fato, não havia cachorro algum. Mas que enigma era aquele? Olhei para Filka, que sorria. "Imbecil", digo a ele, "por que tanto mostra os dentes? Na certa, quando você abriu a porta, ele aproveitou e escapuliu pela frente. E você, um cabeça de vento, não percebeu porque está sempre dormindo. Ou você acha que estou bêbado?". Ele ensaiou argumentar, mas eu o dispensei, acomodei-me novamente e naquela noite não ouvi mais nada.

– Mas, na noite seguinte – imaginem vocês! –, repetiu-se o mesmo. Assim que apaguei a vela, de novo começou a se coçar, de novo abanou as orelhas. De novo chamei Filka, de novo ele olhou sob a cama e de novo: nada! Eu o dispensei, apaguei a vela e – diabos! – o cachorro continuava ali. E tem mesmo um cachorro: dá para ouvir como respira, como range os dentes, como caça pulgas... É tão claro! "Filka", chamo, "venha aqui sem a vela!". Ele foi. "E então, está ouvindo?", digo. "Estou", ele diz. Assim como eu, ele não via nada, mas pude sentir que estava um tanto apavorado. "Como você interpreta isso?", pergunto. "E como o senhor quer que eu interprete, Porfíri Kapitonitch? É uma assombração!" "Lave sua boca para falar de assombrações, patife..." Ambos falávamos fino como passarinhos e, no escuro, tremíamos feito vara verde. Acendo a vela: nada de cachorro, nada de barulho – apenas nós dois, Filka e eu, brancos como a neve. Assim a vela ardeu até a manhã seguinte. E o que vos digo, senhores, acreditem em mim ou não, é que a partir daquela noite, no decorrer de seis semanas, essa mesma história se repetiu comigo. Por fim, acabei me acostumando com aquilo, e a vela ficava apagada, já que não durmo com claridade. "Deixe que brinque, afinal, não está me fazendo mal!", eu pensava.

– Vê-se que o senhor não é nenhum covarde – interrompeu com um sorriso tão sarcástico quanto condescendente Anton Stepanitch. – Temos aí realmente um hussardo!

– De alguém como o senhor eu não teria medo em situação nenhuma – proferiu Porfíri Kapitonitch, e por um momento pareceu-se realmente com um hussardo. – Mas ouçam o que vem a seguir. Tenho um vizinho, aquele com quem eu jogava cartas, que apareceu para jantar e, muito providencialmente, deixou-me 50 rublos pela visita; a noite avançava, já era hora de partir. Mas eu tinha um plano. "Fique", disse a ele, "passe a noite em minha casa, Vassíli Vassílitch; amanhã, se Deus quiser, você terá a sua revanche". Vassíli Vassílitch considerou, reconsiderou e acabou ficando. Solicitei então que pusessem uma cama de solteiro para ele em meus aposentos... Bom, deitamos, fumamos, falamos sobre mulheres, como acontece entre dois solteiros, e rimos, é claro; olhei para Vassíli Vassílitch e o vi apagando sua vela e virando as costas para mim, como se dissesse: boa noite. Esperei um pouquinho e também apaguei a minha. E passei um tempo imaginando: "Como é que essa farsa vai se desenrolar agora? Como será quando minha doce criatura se apresentar para ele?". E ela logo apareceu: saiu de debaixo da cama, caminhou pelo quarto, arranhou o chão, abanou as orelhas e, de repente, foi como se estivesse empurrando a cadeira para perto da cama de Vassíli Vassílitch! Então ele disse assim, com uma voz indiferente: "Porfíri Kapitonitch, eu não sabia que você adquirira um cachorro. De que raça seria, um *setter*?". Ao que respondi: "Eu não tenho nem nunca tive cachorro!". "Como não? E isso é o quê?", "O que é *isso*? Acenda a vela e descubra por si mesmo", disse eu. "Não é um cachorro?" "Não." Vassíli Vassílitch virou-se. "Isso é alguma piada, seu diabo?" "Não, não é piada." Ouço-o riscar um fósforo, e o tal, o tal vai se acalmando, coça a barriga com a pata. Faz-se a luz... e acabou! Nem sinal! Vassíli Vassílitch olha para mim, e eu fito seus olhos. "Isso é um truque?", ele me pergunta. "É um tipo de truque que mesmo que você ponha de um lado Sócrates e, de outro, Frederico, o Grande, eles não seriam capazes de desvendar", respondo. E, então, logo o deixei a par de todos os detalhes. Como se agitava meu Vassíli Vassílitch! Era como se estivesse em brasa! Mal conseguiu calçar as botas. "Os cavalos!... os cavalos!" Tentei acalmá-lo de algum modo! Mas ele se sobressaltava ainda mais. "Não fico aqui nem mais um minuto!", gritava. "Você, depois disso, deve ser um homem amaldiçoado! Os cavalos!...", me dizia. Mas eu o dissuadi, transferindo sua cama para outro cômodo e deixando as lamparinas acesas a noite toda. De manhã, na hora do chá, ele já tinha se restabelecido; pôs-se a me dar conselhos: "Você deveria, Porfíri Kapitonitch, tentar ficar uns dias longe de casa: quem sabe essa abominação não o deixa". E é preciso dizer: esse homem – o meu vizinho – era um homem com um intelecto fenomenal! Lidava com sua sogra de um modo maravilhoso: ele lhe passara letras de câmbio, o que significa que escolheu o momento mais sensível! Ela se tornou uma seda; deu-lhe uma procuração para gestão de todos os seus bens – e o que mais? Pois isso é um feito, enrolar a própria sogra, hem? Julguem por vocês mesmos. Contudo, partiu com certo desgosto: mais uma vez, eu havia ganhado dele uma centena de rublos. Até brigou comigo; disse que eu era um mal-agradecido, que não tinha sentimentos. Mas era minha culpa? Bom, seja como for, levei seu conselho em consideração: no mesmo dia parti para a cidade e me instalei em uma estalagem de um antigo conhecido dos dissidentes. Era um senhor muito honrado, apesar de um pouco seco em virtude da solidão: toda a sua família havia morrido. Apenas não suportava o tabaco e sentia pelos cães uma enorme ojeriza; diziam que, por exemplo, caso concordasse com que um cachorro entrasse em um cômodo, imediatamente estaria a léguas de distância! "Porque como seria possível uma coisa dessas!", ele dizia. "Se, na minha antessala, a Nossa Senhora que está na parede desse o ar de sua graça, e ali mesmo um maldito cão se instalasse com seu ímpio focinho." Sem dúvida, seria uma falta de educação! Ademais, sou da seguinte opinião: a quem foi dada a sabedoria, que a mantenha!

– Ora, estou vendo que o senhor é um grande filósofo – novamente, e com aquele mesmo sorriso, interrompeu Anton Stepanitch.

Porfíri Kapitonitch dessa vez franziu a testa.

– Que tipo de filósofo ainda não se sabe – disse mal-humorado, contorcendo o bigode –, mas, se deseja, posso de bom grado dar ao senhor uma aula de filosofia.

Todos nós olhamos fixamente para Anton Stepanitch; esperávamos uma resposta à altura ou pelo menos um olhar fulminante... Mas o senhor conselheiro de Estado converteu seu sorriso de desdém em indiferença e, depois, bocejou, cruzou as pernas e mais nada!

– E assim me estabeleci na casa do velhinho – continuou Porfíri Kapitonitch. – O quarto que ele me cedeu, pela amizade, não era dos melhores. O dele próprio era próximo, do outro lado de um biombo, e era apenas disso que eu precisava. Contudo, que momentos de agonia enfrentei aquela noite! O cômodo era pequeno, quente, sufocante, com moscas, um tanto pegajoso; no canto, um excêntrico altar com alguns ícones e mantos sombrios cobrindo-os; cheirava a óleo e a algumas especiarias; na cama, duas mantas; ao mover o travesseiro, vi correr uma barata... em virtude do tédio, eu já havia bebido uma quantidade inacreditável de chá – um chá simplesmente horroroso! Fui para a cama, mas era impossível dormir. Atrás do biombo, o anfitrião suspirava, murmurava, lia em silêncio. E, entretanto, eu finalmente me acalmei. Ouço: começou a ressonar, sim, vagarosamente, à moda antiga, de modo polido. A vela eu apagara fazia tempo, apenas a lamparina diante do ícone ardia... Um incômodo, quer dizer! Levanto-me bem devagarinho, na ponta dos pés; agacho-me diante da lamparina e assopro... Nada. "Ufa! Significa que aquela coisa não veio..." Mas tinha ido sim, e foi só cair na cama que novamente soou o alarme! E coça, roça, abana as orelhas... bom, como era de esperar! Muito bem. Levanto, espero: o que vem a seguir? Ouço: o velhinho se levanta. "Senhor, senhor?", diz. "Pois não?" "O senhor apagou a lamparina?" E, sem esperar minha resposta, começou a praguejar: "O que é isso? O quê? Um cão? Um cão! Ah, seu maldito nikoniano[1]!". Eu disse a ele: "Pare

---

1 Maneira pela qual os ortodoxos se referiam aos dissidentes, os seguidores do patriarca Nikon (1605-1681). [N.T.]

de ralhar, meu velho, é melhor que o senhor mesmo venha aqui. Acontecem coisas realmente dignas de admiração". O velho saiu de trás do biombo e aproximou-se de mim com um toquinho de vela de cera amarela; fiquei surpreso ao olhá-lo! Ele estava todo desgrenhado, orelhas peludas, olhos vidrados, como os de um furão; na cabeça, uma toquinha branca de feltro, a barba, também branca, até a altura da cintura, um colete com botões de cobre sobre a túnica, nos pés, botas de couro – e exalava um cheiro de zimbro. Aproximou-se dessa forma dos ícones, persignou-se três vezes com o dedo em figa, acendeu a lamparina, persignou-se novamente e, voltando-se para mim, apenas resmungou: "Explique-se!". E então eu, sem hesitar, fiz-lhe um relato detalhado. O velho ouvia toda a minha explicação sem pronunciar sequer uma palavra: apenas balançava a cabeça. Sentou-se, depois, em minha cama e permaneceu calado. Coçou o peito, a nuca, entre outras partes, e continuou calado. "E então, Fedul Iványtch, o que o senhor supõe? Tratar-se-ia de uma assombração?", perguntei. O velho me olhou. "O que eu suponho?! Assombração! Só se for na sua casa, que é um botequim, não aqui! Você ainda não percebeu que este é um lugar sagrado?! Uma assombração, só porque você quer!" "Se não é uma assombração, é o quê, então?" O velho calou-se novamente; novamente, coçou-se e, afinal, falou de um modo abafado, pois o bigode cobria-lhe a boca: "Vá para a cidade de Beliov. Se há um homem que pode ajudá-lo como ninguém mais, esse homem vive em Beliov, é um dos nossos. Se ele quiser ajudá-lo, será sua glória; se não, nada mais pode ser feito". "E como eu encontro este homem?", perguntei. "Posso lhe passar as instruções", respondeu e emendou: "Mas como isso pode ser uma assombração? Trata-se de uma aparição, ao menos um sinal; mas você não está à altura de entender isso, está além da sua compreensão. Agora, volte a dormir, com a graça de Cristo, Nosso Senhor; vou acender um incenso; *de manhã cedo* conversamos. De manhã, pois, você sabe, a noite é a melhor conselheira".

Bem, e nós conversamos *de manhã cedo* – apesar de eu quase ter morrido sufocado pelo incenso. E eram estas as instruções do velho para a tal propriedade: ao chegar a Beliov, que eu fosse até a praça do mercado e, na segunda loja à direita, perguntasse por um tal de Prokhoritch; ao encontrar o tal Prokhoritch, deveria entregar-lhe um bilhete. E esse bilhete consistia em um pedaço de papel no qual se lia o seguinte: "Em nome do Pai, do Filho e do Espírito Santo. Amém. Para Serguei Prokhoritch Pervushin. Confie neste homem. Feoduli Ivánovitch". E, abaixo: "Envio repolhos, louvado seja Deus".

Agradeci ao velho e, sem mais delongas, ordenei que preparassem a carruagem e me dirigi para Beliov. Porque, assim eu ponderei, embora, ao que parecesse, o meu visitante noturno não me trouxesse nenhum sofrimento, ainda assim era macabro, e, finalmente, não pareceria bem para um nobre e oficial – o que lhes parece?

– E o senhor realmente foi a Beliov? – sussurrou o sr. Finoplentov.

– Direto e reto para Beliov. Fui à praça do mercado e perguntei por Prokhoritch na segunda loja à direita. "Saberia me dizer onde encontro esse homem?" "Saberia", responderam. "E onde ele mora?" "No Oká, nas plantações." "E em qual casa?" "Na dele." Fui ao Oká e encontrei sua casa, ou, melhor, não era propriamente uma casa, mas sim um casebre. Avistei um homem de vestes azuis com remendos e um chapéu esfarrapado, aparentemente um tipo de trabalhador; estava de costas para mim e cavoucava os repolhos. Fui até ele. "Por acaso você é o fulano de tal?" Ele se virou – e eu posso, de fato, assegurar-lhes: olhos sagazes como aqueles jamais voltei a ver, apesar de seu rosto parecer um punho, apesar do cavanhaque e do fato de faltarem-lhe todos os dentes. Era um homem velho. "Sou o fulano de tal", ele respondeu, "*do que* o senhor precisa?". Entreguei-lhe o bilhete: "Aqui está *o que* preciso". Ele me olhou atentamente e depois disse: "Vamos entrar; não consigo ler sem os óculos". Assim, entramos em sua cabana – era precisamente uma cabana: pobre, vazia, miserável; o essencial para se manter. Na parede, um ícone antigo feito a mão, preto como carvão: apenas o branquinho dos olhos luziam. Pegou na mesinha uns óculos redondos de aro de ferro, pôs sobre o nariz, leu o bilhete através dos óculos, olhou-me novamente. "Você está precisando de mim?" "De fato, estou." "Bem", ele disse, "se está, então conte e eu ouvirei". E imaginem vocês: ele sentou-se, tirou um lenço xadrez do bolso, ajeitou-o sobre os joelhos – o lenço estava todo esburacado –, olhou para mim com muita dignidade, como se fosse algum senador ou ministro, e não me convidou para sentar. E o que é mais surpreendente: senti de repente que estava tão aterrorizado, mas tão aterrorizado... que era como se meu coração fosse sair pela boca. Ele me atravessava com os olhos, completamente! Contudo, eu me recuperei e contei-lhe toda a minha história. Ele continuou calado por mais algum tempo, contorceu-se, mordeu os lábios, e então me perguntou, novamente como um senador, sem se apressar: "Qual é o seu nome? Idade? Pai e mãe? Solteiro ou casado?". Depois ele mordeu os lábios novamente, franziu a testa, apontou e disse: "Curve-se diante do ícone dos santos, dos justos, veneráveis santos Zosima e Savatti de Solovki". Eu me prostrei no chão e dali não me levantei, tal era meu medo daquele homem e tamanha minha submissão a ele; parecia não haver o que ele ordenasse que eu não obedecesse imediatamente!... Sim, senhores, estou vendo que riem, e eu também ria, até então.

"Levante-se, senhor", disse ele, afinal. "É possível ajudá-lo. Não lhe enviaram um castigo, mas um aviso; isso quer dizer que há alguém cuidando do senhor; e é bom saber que há alguém rezando por você. Vá agora mesmo ao mercado, compre um cachorro filhote e mantenha-o o tempo todo consigo – dia e noite. Suas visões desaparecerão e, além disso, esse cachorro lhe será de grande valia."

– De repente me senti iluminado por essa luz: oh, como me deliciei com essas palavras! Inclinei-me em direção a Prokhoritch e estava prestes a sair quando me dei conta de que era preciso agradecer-lhe, então peguei da carteira uma nota de 3 rublos. Ele apenas afastou minha mão e disse: "Dê aos pobres necessitados em nossa capela, esse não é um serviço pago". Inclinei-me novamente – quase até sua cintura – e sem demora parti para o mercado. E imaginem: tão logo me aproximo das lojas, vem ao meu encontro um homem vestindo um capote de lã, trazendo nos braços um filhote de *setter*, de 2 meses, focinho branco e patas da frente também brancas. "Espere! Quanto quer pelo cachorro?", digo ao homem de casaco. "Dois rublos." "Tome três!" Ele ficou surpreso, deve ter pensado que tinha enlouquecido – mas acenei com a nota em sua cara, tomei o filhote nos braços e fui para a carruagem! O cocheiro tocou os cavalos com energia e naquela mesma noite eu já estava em casa. O filhotinho passou a viagem inteira no meu colo e nem sequer fez barulho; eu falava com ele o tempo todo: "Tesourinho! Tesourinho!". Logo eu tinha lhe dado de comer, de beber, pedi que trouxessem palha, fiz sua cama e fui também para a cama! Apaguei a vela: fez-se a escuridão. "Então", digo, "comece!". Silêncio. "Comece", eu digo, "Fulano e Beltrano!". Nem um pio, como se zombasse de mim. Comecei a desafiar, chamando pelos mais diversos nomes. Mas nenhum som como aqueles se ouvia. Ouvia-se apenas o filhote ressonando. "Filka!", gritei, "Filka! Venha aqui, seu estúpido!". Ele veio. "Está ouvindo o cachorro?" "Não, não estou ouvindo nada, senhor", disse ele, sorrindo. "E não ouvirá", disse eu, "nunca mais! Tome um trocado para a vodca!". "Por favor, deixe-me beijar sua mão", dizia o tolo, rastejando no escuro diante de mim... O alívio me dava uma grande alegria.

– E é assim que tudo termina? – perguntou Anton Stepanitch já sem ironia.

– As aparições acabaram, e não tive mais tormentos. Mas esperem, que essa peça ainda não chegou ao fim. Meu Tesourinho cresceu e se tornou um belo animal. De rabo empinado, forte, orelha em pé e peito aberto – um verdadeiro cão de caça. E, além disso, apegou-se a mim extraordinariamente. A caça em nossa região é fraca – mas, de todo modo, já que eu tinha um cachorro, aconteceu também de obter uma arma. Comecei a passear com meu Tesouro pela vizinhança: uma vez ele me trouxe uma lebre (e como eu o incitei a correr atrás daquelas lebres, meu Deus!), e às vezes uma codorna ou um pato. Mas o mais importante: Tesouro seguia todos os meus passos. Aonde eu ia, lá estava ele; até mesmo no banho ele me acompanhava, juro! Uma vez, uma de nossas senhoras pediu que eu me retirasse da sala de estar por causa do Tesouro, e eu me ergui feito um trovão: quebrei um de seus vidros! Bem, até que um dia, era verão... E, digo aos senhores, era uma seca tal como ninguém se lembrava de já ter visto; não era fumaça que havia no ar, não era uma névoa, cheirava a queimado, a fuligem, o Sol era como um núcleo incandescente, e havia tanta poeira que o nariz não parava de escorrer! As pessoas andavam com a boca aberta, como corvos. Eu estava entediado em casa, sentado, completamente *déshabillé*[2], com as persianas fechadas; de repente,

---

[2] À vontade. No original, em francês transliterado para o russo. [N.T.]

o calor começou a ceder... E eu saí, meus senhores, para visitar uma de minhas vizinhas. Essa vizinha vivia a 1 versta de mim – e era uma dama muito benevolente, para ser preciso. A juventude ainda florescia em suas primaveras e sua aparência era das mais amigáveis; apenas seu temperamento era instável. Sim, em se tratando do sexo feminino, isso não é nenhum desastre; até suscita prazer... Eis então que eu me encontrava em sua soleira, e sentia tanta sede que era como se a viagem tivesse sido salgada! Mas, pensava, Nimfodora Siemiónovna me recepcionaria com água de cereja e outras refrescâncias – e já estava prestes a tocar na porta quando de repente, da direção de uma isbá, se ouvem passos, choro e gritos de meninos. Eu olho. Oh, Senhor meu Deus! Surge na minha direção uma enorme fera ruiva que, ao primeiro olhar, nem sequer reconheci como sendo um cachorro: a boca escancarada, os olhos sangrentos, o pelo eriçado... Não tive tempo nem de recobrar a respiração, o monstro pulou na soleira, levantou-se nas patas traseiras e veio diretamente em meu peito – que tal a situação? Congelei de medo e não podia nem erguer os braços, estava completamente aturdido... via apenas as terríveis presas brancas diante do meu nariz, a língua vermelha espumando. Mas, no mesmo momento, um corpo escuro surgiu diante de mim, como um ratinho – era o meu amado Tesouro, que veio atrás de mim; como um sanguessuga, grudou na garganta da fera! Ela arquejou, rosnou, recuou... Abri de uma vez a porta e já estava na antessala. Apoiei com todo o meu peso na fechadura enquanto na soleira, ouvi, se travava uma batalha desesperada. Pus-me a gritar, a chamar por ajuda; todos na casa alarmaram-se. Nimfodora Siemiónovna chegou correndo, com a trança desfeita e, no pátio, em meio a tumulto de vozes, de repente ouviu-se: "Prendam, prendam, fechem os portões!". Abri um pouco a porta para dar uma olhada:

a fera não estava mais na soleira, as pessoas corriam desorientadas pelo pátio, balançavam os braços, levantavam os troncos do chão – como se estivessem enlouquecidas. "Para a aldeia! Foi para a aldeia!", berrou uma vovó usando um enfeite desproporcional sobre a cabeça, debruçada em uma trapeira. Saí da casa. "Alguém sabe dizer onde está meu Tesouro?", e imediatamente surgiu meu salvador. Ele entrou pelo portão, mancando, todo mordido, ensanguentado... "E o que era aquilo, afinal?", perguntei às pessoas, mas elas rodavam feito loucas pelo quintal. "Um cachorro louco!", responderam-me. "Pertence ao conde. Desde ontem está rondando por aqui."

– Nós tínhamos como vizinho um conde, que trouxera de além-mar cachorros terríveis. Meus joelhos tremiam, e corri até um espelho para ver se tinha sido mordido. Não, graças a Deus, nada se via; apenas o meu rosto, como vocês podem imaginar, estava verde de pavor; Nimfodora Siemiónovna estava deitada no divã e cacarejava feito uma galinha. Sim, entendia-se: em primeiro lugar, os nervos, em segundo, a sensibilidade. E, contudo, veio até mim e perguntou-me de modo lânguido se eu havia sobrevivido. Respondi que sim, e que Tesouro fora o meu salvador. "Ah, que nobreza! E você acha que aquele cachorro louco o sufocou?", disse ela. "Não", eu disse, "não sufocou, mas machucou bastante". "Ah, nesse caso então será preciso sacrificá-lo agora mesmo!", ela disse. "Não, não concordo; vou tentar curá-lo...", respondi. Nesse momento, Tesouro começou a arranhar a porta; levantei-me para abri-la. "Ah, não faça isso! Ele vai nos devorar a todos!", ela disse. "Perdoe-me, mas o veneno não age tão rápido assim." "Mas não é possível", dizia ela, "você só pode ter enlouquecido!". "Nimfotchka, acalme-se, recobre sua razão..." Mas ela de repente começou a gritar: "Saia, saia agora mesmo com seu cachorro nojento!". "Sim, eu vou", respondi. "Imediatamente!", disse ela, "retire-se, ladino, e nunca mais olhe nos meus olhos! Você só pode ter enlouquecido!". "Muito bem", eu disse, "apenas me dê uma carruagem, pois agora estou com receio de ir a pé para casa". "Dou, dou-lhe uma carroça, uma diligência, uma carruagem, o que você quiser, só desapareça o mais rápido possível. Ah, e que olhos! Ah, que olhos ele tem!" E com essas palavras abandonou o quarto, esbofeteou uma dama que encontrou pelo caminho e, pude ouvir, novamente começaram os ataques. E, senhores, acreditem vocês em mim ou não, desde esse mesmo dia Nimfodora Siemiónovna e eu rompemos a nossa amizade; e, depois de uma avaliação criteriosa de todas as coisas, não posso deixar de acrescentar que, devido àquele fato, devo expressar gratidão ao meu amigo Tesouro até minha lápide. Bem, pedi que trouxessem a carruagem, acomodei nela o Tesouro e partimos para casa. Em casa, examinei-o, lavei seus ferimentos e então pensei: "Amanhã, ao raiar do dia, levarei meu Tesouro ao curandeiro do distrito de Iefremov". Esse curandeiro é um velho mujique, extraordinário: ele murmura sobre a água, e alguns acreditam que ele coloca nela saliva de serpente, então, você bebe e a moléstia desaparece completamente. A propósito, ponderei, eu mesmo farei uma sangria em Iefremov: é bom contra o medo; e não uma sangria pelo braço, mas pela cavidade.

– E onde é isso, essa cavidade? – perguntou com uma curiosidade tímida o sr. Finoplentov.

– E o senhor não sabe? É neste lugar aqui, que se forma no punho, na altura da base do polegar, quando você o estica, é onde se coloca o rapé, bem aqui! Para a sangria é no primeiro ponto; pois julguem por vocês mesmos: nos braços corre o sangue das veias, mas aqui não há problema. Os médicos não sabem de nada, nem poderiam; de onde são esses alemães miseráveis? Os ferreiros executam melhor.

E como são habilidosos! Pegam um cinzel, batem com o martelo – e pronto!... Bem, e foi pensando desse modo que a noite caiu e já era hora de me recolher. Deitei-me na cama – e Tesouro, naturalmente, comigo. Fosse pelo susto, fosse pela sensação de estar estufado, fosse pelas pulgas ou pelos meus pensamentos, o fato é que eu não conseguia dormir, e quem conseguiria! Abatera-se sobre mim tal angústia que é impossível descrever; bebi água, abri a janela, toquei no violão *A Kamarinskaia* em variações italianas... não! Algo me empurrava para fora de casa – e completamente! Decidi, por fim: peguei o travesseiro, o cobertor, o lençol, cruzei o jardim em direção ao celeiro de feno; acomodei-me ali. E assim, senhores, foi agradável: a noite estava calma, quieta, apenas de vez em quando passava um vento semelhante a uma carícia feminina que pousa em seu peito, tão fresca quanto tal; o feno cheira como o seu chá, os gafanhotos pousam nas macieiras; de repente, ao longe, o grito de uma codorna rebenta – e você sente que até mesmo um trapaceiro se sentiria feliz sentado no orvalho com a sua namorada... E no céu havia um tal esplendor: as estrelas brilham, uma sombra, branca, dissolve-se como a lã, e assim mal se move...

Nesse momento da conversa, Skvoriévitch espirrou; espirrou também Kinariévitch, que nunca queria ficar atrás de seu camarada. Anton Stepanitch olhou para ambos com ar de aprovação.

– Bom – prosseguiu Porfíri Kapitonitch –, "eis então que deito e novamente não consigo dormir. Uma reflexão apoderou-se de mim; e eu refletia com grande ponderação: se, por ventura, aquele Prokhoritch me explicou corretamente que o que ocorrera comigo eram avisos, então por que justamente esse tipo de milagre continua a me acontecer?... Fiquei realmente surpreso por não entender nada, e o Tesourinho começou a gemer, enrolando-se no feno: doía-lhe alguma ferida. E digo-lhes ainda o que me impedia de dormir, acreditem: a Lua! Ela estava bem diante de mim, uma espécie de círculo, grande, amarela, plana, e parecia-me que ela olhava para mim, divina; assim descaradamente, como uma provocação... Eu até mostrei-lhe a língua, juro. "Com o que está curiosa?", pensei. Virei-me de costas para ela – mas ela alcançou meu ouvido, iluminou minha nuca, me salpicou como se fosse chuva; abri os olhos – o que foi? Cada folhinha de grama, cada teia de aranha, mesmo a mais frágil, ela estampava, e como estampava! Olhe, veja! Não havia nada que se poderia fazer: apertei as mãos contra a cabeça e me pus a olhar. Sim, é impossível: acreditem, era como se eu tivesse olhos de lebre, de tão inflamados, de tão abertos – como se eles não soubessem mais o que significava dormir. Parecia que eu poderia devorar tudo com aqueles meus olhos. A porta do celeiro estava escancarada; dava para enxergar a 1 versta de distância; ora se vê, ora não se vê, como sempre acontece em noites de luar. Fiquei olhando, olhando – e nem pisquei... E de repente me pareceu que algo se movia ao longe, lá longe... assim, como se algo estivesse brilhando. Depois de algum tempo, novamente passou de súbito uma sombra – já um pouquinho mais perto; depois de novo, mais perto. Pensei: "O que é isto? Seria uma lebre?". "Não", pensei, "é maior que uma lebre – e sua marcha é diferente". Fiquei olhando: de novo a sombra apareceu, moveu-se em direção ao pasto (um pasto esbranquiçado pela lua) como uma enorme mancha; estava bem claro: uma fera, uma raposa ou um lobo. Meu coração disparou... mas por que me assustava? Existem tantas feras que correm à noite! Mas a curiosidade é mais fértil que o medo; levantei-me, os olhos abriram-se de espanto. De repente senti meu corpo inteiro gelar, de tal modo congelar que era como se tivessem me enfiado até as orelhas no gelo, e agora? Interceda,

Senhor! E eu vi: uma sombra que crescia, crescia, e logo já estava rodeando o celeiro... E então ficou claro para mim que se tratava justamente da fera de cabeça grande, enorme... Avançava feito um redemoinho, uma bala... Meu paizinho! O que é isso? Ela parou de repente, como se sentisse que... Sim, era ele... o cachorro louco da véspera! Ele... ele! Senhor! E eu não conseguia me mover, não conseguia gritar... Ele pulou o portão, os olhos lampejaram, uivou – e veio direto em minha direção! E do feno, como um leão, eis que surgiu meu Tesouro – ele! Saltaram um contra o outro, boca contra boca, e rolaram no chão! Do que aconteceu depois não me lembro; lembro-me apenas de que eu passei precipitadamente entre eles, parti para o jardim, do jardim para casa e da casa para o quarto!... E, sejamos honestos, faltou pouco para eu não me meter debaixo da cama. E que galopes, que volteios pelo jardim eu dei! Parecia que nem mesmo a primeira dançarina, que dançou para o imperador Napoleão no dia de seu aniversário, seria páreo para mim. Contudo, ao recuperar-me um pouco, imediatamente coloquei toda a casa em pé; ordenei que todos se armassem, eu mesmo peguei um sabre e um revólver (confesso que comprei esse revólver depois da emancipação, os senhores sabem, para qualquer eventualidade – só que o mascate que me vendeu era tão idiota que de cada três tiros dois falhavam). Bem, peguei tudo isso, e dessa maneira nos dirigimos, um batalhão inteiro, com estacas, com lanternas, para o celeiro... Aproximamo-nos, gritamos – não ouvimos nada; entramos, finalmente, no celeiro... E o que nós vimos?

– Deitado, meu pobre Tesourinho morto, com a garganta rasgada – e aquele amaldiçoado tinha sumido.

– E assim, senhores, berrei como um bezerro, e não me envergonho de falar: ajoelhei-me diante do meu bicampeão, por assim dizer, meu salvador, e beijei longamente sua cabeça. Permaneci nessa posição até que minha velha governanta Praskóvia (que também chegou esbaforida) me chamou à razão. "O que é isso, Porfíri Kapitonitch", disse ela, "vai se acabar todo por um cão? E ainda vai pegar uma gripe, Deus o guarde!". (Eu já estava bastante tranquilo.) "E se esse cão que salvou o senhor *perdeu* a vida, para ele isso pode ter sido uma grande misericórdia, uma honra!" Apesar de eu não concordar com Praskóvia, fui, contudo, para casa. Quanto ao cachorro louco, um soldado de guarnição acertou-lhe um tiro de espingarda. E, portanto, ele já chegara ao fim da linha: aquela tinha sido a primeira vez que o tal soldado dera um tiro de espingarda, embora tivesse recebido uma medalha por mérito em 1812. Foi assim que aconteceu comigo algo sobrenatural.

O narrador se calou e começou a encher seu cachimbo. Nós nos entreolhamos perplexos.

– Ora, talvez o senhor tenha levado uma vida virtuosa – começou o sr. Finoplentov –, mas em compensação... – então fez uma pausa nessa palavra, pois notou que as bochechas de Porfíri Kapitonitch estavam inflamadas, coradas, e seus olhos, paralisados; o homem estava a ponto de explodir em riso...

– Mas e se admitíssemos a possibilidade do sobrenatural, a possibilidade de sua interferência no cotidiano, que é, por assim dizer, a vida – retomou Anton Stepanitch –, que papel deveria desempenhar, depois disso, o bom senso?

Nenhum de nós encontrou algo para responder – estávamos ainda perplexos.

Notícia de um
homem conhecido
ou O Diabo em Berlim
E. T. A. Hoffmann

Título original
*Nachricht aus dem
Leben eines bekannten
Mannes oder Der Teufel
in Berlin* [1820]

Tradução
Maria Aparecida Barbosa

Dentro da rica e multifacetada paisagem do romantismo alemão, talvez um dos mais conhecidos e expressivos nomes seja o de E. T. A. HOFFMANN (1776-1822). Nascido na mesma cidade do filósofo Immanuel Kant, Königsberg, Hoffmann logo se destacou por suas narrativas plenas de inventividade e ironia e pela tonalidade musical, mesmo operística, que impunha a suas novelas, seus contos e romances – ele era também crítico musical e compositor. Não por acaso, Jacques Offenbach homenagearia o autor alemão na ópera *Les contes d'Hoffmann*, colocando-o como o protagonista da trama. Seu gosto, algo peculiar e irônico, pelo macabro, por outro lado, marcaria criadores como Edgar Allan Poe, Charles Dickens e Nikolai Gógol.

O conto *Notícia de um homem conhecido ou O Diabo em Berlim* foi publicado no terceiro volume de *Die Serapionsbrüder* (1820). A crueza brutal de certos momentos da narrativa pode sugerir que o autor tenha se baseado nos numerosos casos reais relacionados à bruxaria no século XVI, época em que o conto foi ambientado.

EM 1551, VIA-SE COM FREQUÊNCIA PELAS RUAS DE Berlim um homem de aparência refinada e distinta, principalmente ao entardecer e à noite. Ele vestia um bonito gibão guarnecido com zibelina, calças bufantes, sapatos abertos, sobre a cabeça um barrete forrado de veludo e ornamentado com uma pluma vermelha.

Seus modos eram agradáveis e galantes; muito polido, ele saudava a todos, mas principalmente às mulheres e moças tinha o costume de se dirigir com palavras elogiosas e graciosas.

– Senhora – dizia às mulheres altivas –, se há um desejo em seu coração que meus frágeis meios possam realizar, sou um humilde servidor às suas ordens!

E logo às senhoritas:

– Queiram os céus destinar-lhe o mais amoroso dos maridos, bastante digno de sua beleza e virtude!

Com a mesma benevolência ele se portava com os homens. E, assim, não era nenhuma surpresa que todos o ajudassem e se apressassem em vir em seu auxílio quando ele se embaraçava diante de uma grande poça sem saber como atravessá-la. É que, apesar do talhe alto e bem-proporcionado, ele mancava de uma perna e via-se obrigado a apoiar-se em uma espécie de cajado. Mas, se alguém lhe dava a mão, então saltava uns 10 pés de altura do chão e pousava sobre a terra a uns doze passos de onde estava. Aquilo espantava sim, um pouco, as pessoas, e algumas chegaram vez ou outra a torcer a perna, mas o estrangeiro se desculpava, dizendo que outrora, antes de coxear, fora o primeiro dançarino na corte do rei da Hungria e, por essa razão, se o ajudavam em quaisquer saltos, logo lhe acometia o desejo irrefreável de saltar com ousadia pelo ar, como se dançasse ainda no passado. Essa explicação tranquilizava as pessoas, e elas acabaram finalmente tomando gosto em ver ora um conselheiro, ora um eclesiástico, ora, de outra feita, algum venerável senhor saltitar daquele jeito com o estrangeiro.

Por mais que suas atitudes dessem provas de jovialidade e bom humor, às vezes a bizarrice de seu comportamento surpreendia. Sucedia, pois, que ele perambulava à noite pelas ruas, batendo nas portas. Se abriam, lá estava ele vestindo uma mortalha branca e lançando berros e uivos lancinantes, que enchiam todos de pavor. No dia seguinte desculpava-se, assegurava que se vira forçado a agir daquele modo para lembrar a si mesmo e aos bons burgueses que o corpo é mortal e a alma, imortal, e que era preciso se acautelar para a salvação da última. Enquanto dizia isso, costumava chorar um pouco, e as pessoas ficavam tremendamente emocionadas.

O estrangeiro assistia a todos os enterros, seguia o morto com passadas honrosas, exprimia no rosto tanta tristeza e seus lamentos e soluços eram tão violentos que nem conseguia entoar os cânticos em sintonia com os outros. Mas, do mesmo modo como em ocasiões semelhantes, ele abandonava-se inteiramente aos sentimentos de consternação, era todo prazer e alegria nas bodas dos burgueses, que naqueles tempos se celebravam com muita pompa no salão da cidade. Lá cantava todo o repertório de músicas em voz alta e agradável, tocava alaúde, dançava por horas a fio com a noiva e as moças sobre a perna sadia e, firmando habilmente a perna coxa contra si, se comportava com fineza. O melhor de tudo, razão pela qual os noivos na verdade recebiam o estrangeiro com prazer, era que nos casamentos ele oferecia os mais lindos presentes, como correntes e broches de metais preciosos e outros valiosos objetos.

Não poderia ser diferente: a probidade, a virtude e a cordialidade do estrangeiro eram conhecidas em toda a cidade de Berlim e chegaram até mesmo aos ouvidos do príncipe. Este pensou que um homem tão respeitado certamente seria um enfeite para sua corte e mandou perguntar se ele gostaria de aceitar um cargo. Mas o estrangeiro respondeu com letras vermelhas como cinábrio sobre uma folha de pergaminho de 3 palmos de altura e o mesmo tanto de largura. Agradecia com devoção a honra que lhe era ofertada, mas pedia à Sua Excelentíssima Alteza o obséquio de permitir-lhe gozar a serena vida burguesa tão conveniente à sua disposição. Ele escolhera Berlim para residência, dentre tantas outras cidades, escrevia, porque em nenhuma outra encontrara tamanha fidelidade e sinceridade, tal propensão aos costumes afáveis, afinados à sua inclinação. O príncipe, e com ele a corte inteira, admirou profundamente o estilo brilhante das expressões do estrangeiro, e a coisa se encerrou por ali.

Aconteceu nessa mesma época que a esposa do conselheiro Walter Lütkens ficou grávida pela primeira vez. A velha parteira Barbara Roloffin profetizou que madame Lütkens, mulher bonita e saudável, com certeza daria à luz um menininho encantador, deixando assim o sr. Walter Lütkens alegre e esperançoso.

Ora, o estrangeiro, que estivera no casamento do sr. Walter Lütkens e costumava vez ou outra visitá-lo para uma prosa, certa noite entrou inesperadamente quando Barbara Roloffin estava presente.

Tão logo a velha Barbara viu o estrangeiro, fez um escândalo de evidente alegria, e foi como se de repente as rugas fundas do seu rosto se alisassem, os lábios brancos e as bochechas se corassem, em suma, foi como se ela tivesse reencontrado a juventude e a formosura, de que há muito tempo se despedira.

– Ah, vejam só, que surpresa! Que alegria ver o senhor por aqui, seja bem-vindo!

Pronunciando essas palavras, a velha Barbara Roloffin fez uma vênia excessiva, prestes a se jogar aos pés do estrangeiro. Ele, porém, tratou-a com palavras coléricas, enquanto de seus olhos saíam chispas de fogo. Mas ninguém entendeu o que ele sussurrou à velha, que retrocedeu a um cantinho pálida e franzida como antes.

– Prezado sr. Lütkens – falou então o estrangeiro ao conselheiro –, fique atento para que nada de mau suceda em sua casa e que, antes de tudo, a gravidez de sua digníssima senhora transcorra magnificamente. A velha Barbara Roloffin não é tão habilidosa em seu ofício como vocês provavelmente supõem. Eu a conheço não é de hoje e sei bem que ela às vezes negligencia a gestante e a criança.

Esse estranho acontecimento fez com que o sr. Lütkens e sua senhora ficassem bastante amedrontados e desconfiados, e passaram a nutrir contra Barbara Roloffin considerável suspeita de que se aplicava às artes maléficas, principalmente depois de terem visto como a velha tinha se transformado de maneira tão esquisita na presença do estrangeiro. Por isso, eles interditaram suas visitas à casa e procuraram outra parteira.

A velha Barbara Roloffin se aborreceu muito com isso e praguejou que o sr. Lütkens e sua senhora ainda haveriam de se arrepender tremendamente da injustiça que cometiam.

Toda a alegria e a esperança do sr. Lütkens, porém, se transformaram em amarga tristeza e profundo desgosto quando sua esposa deu à luz, não ao menininho encantador que Barbara Roloffin profetizara, mas a um monstrinho feioso. A coisa tinha cor castanha, possuía dois chifres, olhos esbugalhados, nariz minúsculo, uma boca gigantesca, a língua branca cindida e nenhum pescoço. A cabeça se posicionava entre os ombros, o corpo era franzido e inchado, os braços pendiam das costas e as perninhas eram finas e compridas.

O sr. Lütkens gemia e não cessava de se lamentar:

– Oh, justiça divina! – exclamava. – O que há de ser disso? Será que meu pequeno jamais seguirá os nobres passos paternos? Terá algum dia existido um conselheiro castanho com dois chifres sobre a cabeça?

O estrangeiro consolava o pobre sr. Lütkens o melhor que podia.

– Uma boa educação – dizia – tem seu valor.

Apesar de que, quanto à forma e à figura, o menino pudesse ser tachado de esquisito, era possível, sim, afirmar que de seus imensos olhos esbugalhados irradiava um olhar inteligente, e na fronte, entre os chifres, havia amplo espaço para sabedoria. Mesmo se não calhasse de ser conselheiro, o menino poderia se tornar erudito, aos quais convém um quê de rusticidade, que até lhe granjearia prestígio.

Como não podia deixar de ser, o sr. Lütkens atribuiu de todo o coração seu infortúnio à velha Barbara Roloffin, sobretudo ao saber que no momento do parto ela se mantivera sentada no portal da casa. Entre lágrimas, a sra. Lütkens disse que durante as dores do parto tivera sempre diante dos olhos o pavoroso rosto da velha Barbara, do qual não conseguia se livrar.

É verdade que as suspeitas do sr. Lütkens tinham pouco fundamento para uma acusação, mas circunstâncias particulares ou a intervenção do céu conspiraram para que pouco depois os crimes da velha Barbara Roloffin viessem a ser revelados.

Algumas horas mais tarde, por volta do meio-dia, sucedeu uma inesperada tormenta com ventanias. E os passantes testemunharam a maneira como Barbara Roloffin, a caminho da casa de uma grávida, foi lançada zunindo pelos ares para além de telhados, casas e torres. Ela pousou incólume sobre uma pradaria fora de Berlim.

Logo não restavam mais dúvidas sobre os sortilégios infernais da velha Barbara Roloffin. O sr. Lütkens entrou com uma acusação judicial contra ela, que acabou sendo levada à prisão.

Ali ela se negou veementemente a se confessar, até que passaram a empregar a tortura. Com isso, incapaz de suportar as dores, ela admitiu que há muito tempo selara um pacto com o maldoso Satã e fazia toda a sorte de funestas artes mágicas. Enfeitiçara a pobre sra. Lütkens e substituíra o bebê pelo monstrinho. Além disso, com duas outras bruxas de Blumberg, que também tinham sido seduzidas pelo demoníaco galã, assassinara e cozinhara várias crianças cristãs, a fim de provocar a carestia no reino.

A sentença, que não tardou, determinava que a velha feiticeira devia morrer queimada na fogueira, em plena praça do mercado.

No dia da execução, a velha foi conduzida, em meio à multidão, até o pelourinho armado no centro da praça. Ordenaram que tirasse a bonita pele com a qual se cobria, mas ela recusou obstinadamente e insistiu com os carrascos para que a amarrassem ao poste assim vestida, o que foi feito.

As labaredas ardiam já nos quatro cantos da fogueira quando se viu que o estrangeiro, proeminente no meio da multidão, como um gigante, lançava à velha olhares faiscantes. As negras nuvens de fumaça voluteavam alto, e o fogo estava prestes a envolver a roupa da velha. Foi quando ela soltou um grito dilacerante e sinistro:

– Satã, Satã! É assim que você cumpre o pacto que selou comigo? Socorro, Satã, socorro! Meu tempo ainda não escoou!

O estrangeiro de repente sumiu, e do lugar onde estivera se elevou um morcego enorme, precipitou-se por entre as chamas, elevou-se guinchando e portando a pelica da velha pelos ares. Com um estrondo, a fogueira sucumbiu e o fogo se apagou.

O povo foi tomado de pânico e terror. Naquele momento, ficou claro para todos que o distinto forasteiro era ninguém mais, ninguém menos que o Diabo em pessoa. Compreenderam que ele concebia o tempo todo planos maldosos contra os bons berlinenses, tendo em vista que durante tanto tempo se comportara de modo pio e amigável e, com auxílio de artifícios diabólicos, enganara o conselheiro Walter Lütkens e muitos outros homens sábios e mulheres prudentes.

É tão forte o poder do Diabo que só a graça divina é capaz de nos preservar de seus malefícios!

O sopro
Luigi Pirandello

Título original
Il soffio [1931]

Tradução
Maurício Santana Dias

LUIGI PIRANDELLO (1867-1936), autor extremamente produtivo, deixou inúmeras peças de teatro, romances e centenas de contos. Foi o ganhador do Prêmio Nobel em 1934 e suas poderosas e tragicômicas farsas antecipam diretamente o teatro do absurdo de Ionesco, Adamov ou Genet.

O conto *O sopro* foi publicado na conhecida coletânea anual *Novelle per un anno* – espécie de almanaque de narrativas que Pirandello publicou entre 1922 e 1937.

CERTAS NOTÍCIAS NOS CHEGAM DE MODO TÃO INESPErado que a única reação possível é o espanto, e não há meio de escapar ao espanto senão recorrendo às frases mais batidas ou às considerações mais óbvias.

Por exemplo, quando o jovem Calvetti, secretário de meu amigo Bernabò, me anunciou a morte repentina do pai de Massari, com quem pouco antes Bernabò e eu estivéramos almoçando, me ocorreu exclamar: "Ah, a vida é assim! Basta um sopro para levá-la embora"; e juntei o polegar e o indicador de uma mão para soprar ali, como se mandasse pelos ares uma pluma que estivesse entre os dois dedos.

Após o sopro, vi o jovem Calvetti contrair de repente o rosto, inclinar o tronco e levar uma mão ao peito, como quando se sente no corpo, sem se saber bem onde, um mal--estar indefinido; mas não me preocupei, achando um absurdo admitir que aquele mal-estar pudesse depender da frase idiota que eu dissera e do gesto ridículo com que, não contente de ter dito, também fiz questão de acompanhá-la; pensei que se tratasse de alguma pontada ou fisgada interna, talvez no fígado, no rim ou no intestino, de todo modo momentânea e sem nenhuma gravidade. Entretanto, antes de anoitecer, Bernabò entrou-me pela casa consternadíssimo:

– Sabe que Calvetti morreu?

– Morreu?

– Do nada, no meio da tarde.

– Mas se à tarde ele estava aqui comigo! Espere, que horário seria? Deve ter sido por volta das três.

– E às três e meia ele morreu!

– Meia hora depois?

– Meia hora depois.

Olhei feio para ele, como se, com aquela confirmação, ele pretendesse estabelecer um elo (mas qual?) entre a visita feita a mim e a súbita morte do pobre jovem. Tive um ímpeto que me forçou a rechaçar imediatamente aquela associação, talvez até fortuita, como uma suspeita de remorso que dela pudesse derivar e, para encontrar naquela morte uma razão estranha à visita, comuniquei a Bernabò a manifestação repentina do mal-estar que o jovem sentira enquanto ainda estava comigo.

– É mesmo? Um mal-estar?
– A vida é assim! Basta um sopro para levá-la embora.

E eis que eu repetia mecanicamente a frase, de modo que, em seguida, o polegar e o indicador de minha mão direita tinham se juntado por conta própria, e por conta própria agora a mão, sem se dar conta, se elevava até a altura de meus lábios. Juro que não foi com a consciência de provar aquilo, mas sobretudo com o desejo de repetir a mim mesmo uma brincadeira que somente assim, às escondidas, para não parecer ridículo, eu podia fazer: vendo-me com esses dois dedos diante da boca, soprei muito de leve entre eles.

Bernabò estava com o rosto alterado pela morte daquele seu jovem secretário, a quem era muito afeiçoado; e quantas vezes, depois de ter corrido ou apenas apertado um pouco o passo, corpulento, sanguíneo e quase sem pescoço que era, apresentara-se a mim arquejando e até levara a mão ao peito para acalmar o coração e recobrar o fôlego; mas agora, ao vê-lo fazer aquele mesmo gesto e ouvi-lo dizer que se sentia sufocar, tendo a mente e a visão tomadas como por uma estranha sombra, o quê, em nome de Deus, eu podia pensar?

Naquele instante, mesmo estando confuso e transtornado, lancei-me para socorrer o pobre amigo tombado de banda e ofegante numa poltrona. Mas me vi repelido furiosamente e então acabei não compreendendo mais nada; me senti como se gelasse numa atônita apatia e fiquei vendo o amigo estrebuchar naquela poltrona de veludo vermelho, que me pareceu toda de sangue, estrebuchar não mais como um homem, mas como um animal ferido, a puxar o ar em desespero, cada vez mais roxo, quase negro. Apoiava o pé sobre o tapete, talvez tentando se erguer sozinho, mas se exauria naquele esforço; como no pesadelo de um sonho, eu via o tapete escorregar e se dobrar sob sua pressão. Na outra perna, retorcida sobre o braço da poltrona, a calça franzida havia descoberto a jarreteira de seda, de um verde-claro riscado de rosa. Peço um pouco de consideração, por caridade: toda a minha inquietude estava como esmagada e dispersa aqui e ali, tanto que podia distrair-me por um nada, num lance de olhos, no fastio que sempre experimentei por meus feios quadros pendurados nas paredes ou até na curiosidade que me atraía o olhar, aí está, para a cor e os riscados daquela jarreteira. No entanto subitamente voltei a mim, horrorizado por ter sido capaz de alhear-me a tal ponto naquela circunstância, e gritei a meu criado que fosse correndo à porta buscar uma condução e depois subisse para me ajudar a transferir o agonizante a um hospital ou para a casa dele.

Preferi a casa, porque mais próxima. Não morava sozinho: tinha a seu lado a irmã, mais velha que ele, não sei se viúva ou solteirona, insuportável na pontual meticulosidade com que o governava. Chocada, coitadinha, pôs as mãos nos cabelos: "Oh, meu Deus, o que houve? Como foi?", e não queria sair do nosso pé – que raiva! –, tentando saber de mim o que havia acontecido, como havia acontecido, justo de mim e justo naquele momento em que eu não aguentava mais, com todas as escadas que tinha galgado, subindo de costas, com o peso enorme daquele corpo abandonado em meus braços. "A cama! A cama!" Era como se nem mesmo ela soubesse onde ficava a cama, e tive a impressão de que não chegaria nunca. Depois de tê-lo acomodado ali, arquejante (mas eu também arquejava), lancei-me de costas, exausto, contra uma parede, e, se não me tivessem trazido logo uma cadeira, eu teria desabado feito um pacote no chão. Com a cabeça vacilante, pude ainda dizer ao criado: "Um médico! Um médico!"; mas meus braços tornaram a cair quando pensei que agora ficaria a sós com a irmã, que certamente me agrediria com mais perguntas. Salvou-me o silêncio que de pronto, cessado o estertor, se fez na cama. Por um instante pareceu o silêncio do mundo inteiro pelo pobre Bernabò, que ficara ali, surdo e inerte, sobre aquela cama. Imediatamente o desespero da irmã veio à tona. Eu estava aniquilado. Como imaginar – não digo acreditar – que tal enormidade fosse possível? Minhas ideias já não podiam entrar nos eixos. Naquela perturbação, achava muito curioso que a pobre coitada, a seu irmão Giulio, como sempre o tinha chamado, agora que ele estava ali, morto, corpulência imóvel que não admitia diminutivos, o chamasse justamente de Giulietto, Giulietto! A certa altura fiquei de pé, estarrecido. O cadáver, como se reagisse mal àquele Giulietto!, Giulietto!, havia respondido com um ronco pavoroso do estômago. Dessa vez coube a mim amparar a irmã, que teria caído para trás, desmaiada de terror; no entanto desfaleceu em meus braços, e então, entre ela desmaiada e aquele morto estendido na cama, sem saber mais o que fazer ou em que pensar, senti-me tomado por uma voragem de loucura e comecei a sacudir aquela coitadinha para tirá-la daquele desmaio, que já durava demais. Porém, ao voltar a si, não quis mais acreditar que o irmão estivesse morto. "Ouviu isso? Não deve estar morto! Não pode estar morto!" Foi preciso que o médico viesse para confirmá-lo e assegurasse a ela que aquele ronco não tinha sido nada, um pouco de vento ou algo assim, que quase todos os mortos costumam emitir. Então ela, que estava sempre impecável e se orgulhava disso, fez uma expressão angustiada e cobriu os olhos com a mão, como se o médico lhe tivesse dito que também ela o faria quando estivesse morta.

O médico era um desses jovens calvos que ostentam com uma altivez quase desdenhosa sua precoce calvície entre a violência de uma selva de caracóis negros que, não se sabe como desaparecidos do cocuruto, depois enchem as laterais da cabeça. Com os olhos de esmalte armados com fortes lentes de míope, alto, bastante gordo mas vigoroso, duas moitinhas de pelos aparados sob o nariz pequeno, os lábios cheios, acesos e tão bem desenhados que pareciam pintados, olhava com tal comiseração derrisória a ignorância daquela pobre irmã e falava da morte com familiaridade tão desenvolta – como se, tendo de lidar continuamente com ela, nenhum de seus casos pudesse ser dúbio ou obscuro – que, por fim, um grunhido de escárnio me saiu irresistivelmente da garganta. Enquanto ele falava, eu me flagrara por acaso no espelho do armário e me surpreendera com um olhar torto e frio, que imediatamente recuou para dentro de meus olhos, rastejando como uma serpente. E o polegar e o indicador de minha direita se apertavam, se apertavam tão fortemente um contra o outro que estavam como que ensurdecidos pelo espasmo da pressão recíproca. Assim que ele se voltou para meu grunhido, avancei para ele, de frente, e, com a boca de escárnio na palidez que me chupara o rosto, sibilei para ele: "Veja", e lhe mostrei os dedos, "assim! O senhor, que sabe tanto sobre a vida e a morte: sopre aqui e veja se consegue me tirar a vida!". Recuou para me esquadrinhar, avaliando se não estava diante de um louco. Mas avancei de novo para ele: "Basta um sopro, acredite! Basta um sopro!". Deixei-o de lado e agarrei a irmã pelo pulso. "Experimente a senhora. Pronto, assim!", e levei-lhe a mão até a boca, "junte os dois dedos assim e assopre!". Com os olhos arregalados, a coitadinha tremia inteira, aterrorizada; já o médico, sem cuidar que ali na cama havia um morto, zombava divertido. "Não vou fazer isso com vocês, não, porque ali já está um, e por hoje são dois com Calvetti! Mas eu preciso fugir daqui, fugir imediatamente, fugir daqui!"

E de fato fugi feito um louco. Assim que me vi na rua, a loucura se desatou. Já era noite, e a rua estava lotada de gente. As luzes se acendiam, todas as casas saltavam da sombra, as pessoas corriam para proteger o rosto dos jatos luminosos de várias cores que as assaltavam de todo lado, faróis, revérberos de vitrines, letreiros luminosos, num alvoroço acossado por obscuras suspeitas. Se bem que não: lá estava, ao contrário, um rosto de mulher que se expandia de contentamento ao reflexo de uma luz vermelha; e mais além o de um menino que ria, erguido alto nos braços de um velho na frente de um espelho posto na entrada de uma loja, que emanava um jorro contínuo de gotas esmeralda. Eu atravessava a multidão e, com os dois dedos diante da boca, soprava sobre todas aquelas faces fugidias, sem escolher e sem me virar para trás a fim de confirmar se, de fato, aqueles meus sopros produziam o efeito já duas vezes experimentado. Caso o produzissem, quem o poderia atribuir a mim? Não tinha o direito de levar aqueles dois dedos à boca e de soprar para meu inocente deleite? Quem poderia acreditar seriamente que um poder tão inaudito e terrível tivesse vindo parar naqueles dois dedos e no sopro que eu expelia de leve entre eles? Era ridículo admitir tal hipótese, que podia passar apenas por um jogo pueril. Eu estava brincando, só isso. Na boca, minha língua já se transformara em cortiça à força de tanto soprar, e eu já quase não tinha fôlego entre os lábios em bico quando cheguei ao final da rua. Se aquilo que eu havia experimentado duas vezes fosse verdadeiro, oh, meu Deus, eu devia ter matado assim, brincando, brincando, mais de mil pessoas. Não era possível que não se viesse a saber no dia seguinte, para o terror de toda a cidade, daquela carnificina repentina e misteriosa.

E de fato se veio a saber. Todos os jornais, na manhã seguinte, só falavam nisso. A cidade acordou sob o pesadelo tremendo de uma epidemia devastadora, desencadeada de modo fulminante. Novecentos e dezesseis mortos numa só noite. No cemitério não se sabia como sepultá-los; não se sabia como fazer para transportar todos eles de suas casas. Sintomas comuns verificados pelos médicos em todos os afetados, primeiro a percepção de um mal-estar indefinido, depois a asfixia. Pela autópsia dos cadáveres, nenhum indício do mal que causara a morte quase instantânea.

Lendo aqueles jornais, sucumbi a uma prostração que era como o desconcerto de uma horrível embriaguez, confusão de aspectos indistintos que se arrojavam e debatiam rodopiando no volume de uma nuvem que me envolvia em turbilhão; e uma ansiedade inexplicável, um frêmito pungente que colidia, urgia contra algo interior que permanecia escuro e imóvel para mim, do qual minha consciência, atraída mas eriçada e à beira de dispersar-se por toda parte, se recusava a aproximar-se, tocava e imediatamente se retraía. Não sei exatamente o que pretendia exprimir ao apertar a testa com uma mão convulsa, repetindo: "É uma impressão! É uma impressão!". O fato é que a frase, mesmo tão vazia, me ajudou a rasgar de golpe aquela nuvem, e por um momento me senti aliviado, liberto. "Deve ter sido um delírio", pensei, "que me entrou na cabeça pelo fato de ontem eu ter feito aquele gesto ridículo e pueril antes que se anunciasse essa epidemia que desabou tão de repente sobre a cidade. Frequentemente, as superstições mais tolas e as fixações mais incríveis costumam nascer dessas coincidências. De resto, para me livrar disso só preciso aguardar alguns dias sem repetir a brincadeira desse gesto. Se for uma epidemia, como com certeza deve ser, essa pavorosa mortandade deve prosseguir, e não cessar tão de repente como começou". Pois bem, esperei três dias, cinco dias, uma semana, duas semanas: nenhum novo caso foi noticiado pelos jornais, a epidemia cessara subitamente.

Ah, mas louco, não, peço desculpas: eu não podia continuar na obsessão de uma dúvida como aquela, de que eu estivesse louco; e louco de uma loucura que, caso a declarasse, faria qualquer um explodir de rir – não, por favor. Precisava me livrar dessa obsessão o mais rápido possível. Mas como? Voltando a soprar nos dedos? Tratava-se de vítimas humanas. Eu precisava também me convencer de que meu ato era em si mesmo inocente, infantil, e que, se os outros morriam por causa dele, não era culpa minha. Seria sempre possível acreditar numa retomada da epidemia depois daquela pausa de meio mês, já que eu devia até o fim considerar inacreditável que a morte pudesse depender de mim. Entretanto a tentação diabólica de confirmar tal certeza, bem mais terrível que a dúvida de poder estar louco, a certeza de me saber dotado de um poder tão extraordinário – como resistir a tal tentação?

Preciso me conceder a possibilidade de uma última prova, mas tímida e cautelosa; uma prova na medida do possível "justa". A morte, como se sabe, não é justa. Aquela que dependia de mim (se é que dependia) deveria ser justa.

Conhecia uma querida menina que, enquanto brincava com suas bonecas, saindo de um sonho para entrar em outro, todos diversos um do outro, um que a levava a um vilarejo na montanha e outro que a levava para uma praia de mar, e depois do mar a um país distante, muito distante, onde havia pessoas que falavam uma língua completamente diferente da sua, ao final de todos aqueles sonhos acordara aos 20 anos de idade ainda criança, mas criança mesmo, e a seu lado alguém que, recém-saído do último daqueles sonhos, subitamente se transformara na realidade de um homenzarrão estrangeiro, um varapau de 2 metros de altura, estúpido, vadio e depravado; e entre os braços, em vez da boneca, encontrara uma pobre criatura que não se podia dizer um monstrinho porque tinha um rosto de anjo doente, quando a contínua convulsão que tomava todo o seu corpo não lhe deformava também a face, horrivelmente. "Mal de...", não sei ao certo, o nome de um médico estrangeiro ou americano, Pot, acho, se é que se escreve assim (bela glória, dar o próprio nome a uma doença!), "mal de Pot" numa de suas manifestações mais graves e sem remédio. Aquele menino jamais falaria, jamais andaria, nem nunca se serviria de suas mãozinhas descarnadas e retorcidas pela violência dos espasmos atrozes. Poderia seguir assim ainda por anos. Estava com 3? Talvez até os 10. No entanto – e não parecia verdade –, quando estava nos braços de alguém que aprendera a carregá-lo, como o varapau do pai, assim que podia, num raro momento de trégua, o pobre menino sorria um sorriso tão abençoado naquele rostinho de anjo que, de pronto, cessado o horror daquelas contorções, a mais terna compaixão fazia rolarem lágrimas dos olhos de todos os que o estivessem observando. Parecia impossível que apenas os médicos não compreendessem o que pedia o menino com aquele sorriso. Mas talvez entendessem, porque já haviam declarado que seguramente era um desses casos diante dos quais não haveria que hesitar, desde que a lei o permitisse e houvesse o consentimento dos pais. Mas lei é lei, por cruel que possa ser – como frequentemente é –, jamais piedosa, senão a custo de deixar de ser lei.

Então resolvi me apresentar àquela mãe.

O cômodo em que ela me acolheu estava invadido pela sombra, e se viam como ao longe as duas janelas veladas contra o lívido vestígio do último crepúsculo. Sentada na poltrona aos pés da caminha, a mãe carregava nos braços o menino em agonia. Inclinei-me sobre ele sem dizer nada, os dois dedos diante da boca. Ao meu sopro, o menino sorriu e expirou. Assim que a mãe, habituada à contínua tensão espasmódica e trêmula daquele corpinho, o sentiu quase solto de repente entre os braços e mole, abafou um grito, levantou a cabeça para me olhar, olhou o menino:

– Oh, meu Deus, o que você fez com ele?
– Nada, você viu, apenas um sopro.
– Mas ele está morto!
– Agora é um bem-aventurado.

Tirei-o de seus braços e o depositei assim, todo solto e mole, sobre a pequena cama, com seu sorriso de anjo ainda na boquinha pálida.

– Onde está seu marido? Lá? Vou livrá-la dele também. Não há mais motivo para oprimi-la. Mas depois continue sempre sonhando, menina. Viu o que se ganha ao sair dos sonhos?

Não foi necessário ir até o marido. Ele mesmo se apresentou na soleira, como um gigante atordoado. Porém, na exaltação que me dava a terrível certeza já assentada, eu me sentia desmesuradamente crescido, muito mais alto que ele. "O que é a vida! Veja, basta um sopro, assim, para levá-la embora!" E, soprando em seu rosto, saí daquela casa agigantado na noite.

Era eu, era eu, a morte era eu; eu a tinha ali, naqueles dois dedos e no sopro; podia matar a todos. Para ser justo com os que eu fizera morrer antes, não devia agora fazer com que todos morressem? Não era preciso nada, me bastaria o fôlego. Não o faria por ódio a ninguém; não conhecia ninguém. Assim como a morte. Um sopro, e pronto. Quanta humanidade, antes dessa que agora passava como sombra diante de mim, já tinha sido soprada? Mas eu podia com toda a humanidade? Desabitar todas as casas? Todas as ruas de todas as cidades? E os campos e as montanhas e os mares? Despovoar toda a Terra? Não era possível. Portanto não, não deveria fazê-lo a mais ninguém, mais ninguém. Talvez tivesse que amputar aqueles dois dedos. Mas quem sabe se não bastaria o simples sopro sozinho. Eu deveria testar? Não, não: chega! Só de pensar, estremecia de horror dos pés à cabeça. Talvez bastasse apenas o sopro. Como impedi-lo? Como vencer a tentação? Uma mão na boca? Podia me condenar a estar sempre com uma mão na boca?

Delirando assim, acabei passando em frente ao portão escancarado do hospital. No hall de entrada havia alguns enfermeiros, ali de plantão para o pronto-socorro, conversando com dois policiais e com o velho porteiro; e na soleira, atento a olhar a rua, com um longo avental e as mãos nos quadris, estava aquele jovem médico que acudira ao leito de morte do pobre Bernabò. Assim que me viu passar, talvez por causa dos gestos que eu fazia em meus devaneios, reconheceu-me e desandou a rir. Nunca o tivesse feito! Parei; gritei para ele: "Não me provoque neste momento com seu sorriso cretino! Sou eu, sou eu; está bem aqui", e lhe mostrei de novo os dedos apertados, "talvez apenas no sopro! Quer fazer o teste diante desses senhores?". Surpresos e curiosos, os enfermeiros, os dois policiais e o velho porteiro se aproximaram. Com um sorriso resignado nos lábios que pareciam pintados e sem tirar as mãos dos quadris, aquele desgraçado não se contentou em pensar, mas dessa vez ousou dizer-me, sacudindo os ombros: "Mas o senhor é louco!". "Eu sou louco?", contestei. "A epidemia cessou há quinze dias. Quer ver como a reacendo e faço se alastrar num instante, assustadoramente?" "Soprando entre os dedos?" As risadas fragorosas que se seguiram à pergunta do médico me fizeram vacilar. Percebi que não devia ceder à irritação devida ao vexame do ridículo que aquele meu gesto, apenas tornado manifesto, me atingiria inevitavelmente. Ninguém, exceto eu, podia de fato acreditar em seus terríveis efeitos. Mas mesmo assim a irritação me venceu, como a queimadura de um botão de fogo sobre a carne viva, experimentando aquele ridículo quase como uma marca de escárnio que a morte tivesse imprimido em mim concedendo-me aquele incrível poder. Acrescente-se a isso, como uma chicotada, a indagação do jovem médico: "Quem lhe disse que a epidemia cessou?". Fiquei parado. Não tinha cessado? Senti minhas faces arderem de vergonha. "Os jornais", argumentei, "não registraram mais nenhum caso". "Os jornais", rebateu ele, "mas nós aqui no hospital, não". "Mais casos?" "Três ou quatro por dia." "E o senhor está seguro de que são do mesmo mal?" "Mas claro, meu caro senhor, seguríssimo. Quem dera fosse tão fácil ver claro no mal! Poupe seu fôlego, poupe." Os outros voltaram a gargalhar. "Tudo bem", disse então. "Se é assim, eu sou um louco e o senhor não terá medo de me conceder uma prova. Assume a responsabilidade por esses cinco senhores também?" Diante de meu desafio, por um instante o jovem médico ficou perplexo; mas depois o riso lhe voltou aos lábios, e ele se dirigiu aos outros cinco: "Entenderam? Este senhor supõe que basta soprar de leve entre os dedos para dizimar todos nós. Aceitam? Eu aceito". Todos exclamaram em coro, debochando: "Claro, sopre, sopre, também aceitamos o desafio, estamos aqui!". E os seis se puseram em fila na minha frente, oferecendo os rostos. Parecia uma cena de teatro naquele hall de hospital sob a luz vermelha do pronto-socorro. Tinham certeza de que estavam lidando com um louco. A essa altura eu não podia mais recuar. "Se acontecer alguma coisa é a epidemia, não sou eu, hein?" E, para ter mais segurança, pressionei como de costume os dois dedos diante da boca. Ao sopro, todos os seis, um após o outro, mudaram de expressão; todos os seis dobraram o tronco; todos os seis levaram uma mão ao peito, mirando-

-se uns aos outros nos olhos anuviados. Depois, um dos policiais saltou sobre mim, agarrando-me pelo pulso; mas imediatamente se sentiu sufocar, as pernas vacilaram, e ele caiu a meus pés como a implorar minha ajuda. Quanto aos demais, uns tremiam, outros agitavam os braços, outros ficaram de olhos esbugalhados e a boca aberta. Instintivamente, com o braço livre, fiz o gesto de aparar o jovem médico que se abatia sobre mim; mas também ele, tal como fizera Bernabò, repeliu-me furiosamente e tombou no chão com um grande baque. Enquanto isso, um grupo de pessoas, que pouco a pouco se tornava multidão, se aglomerou na frente da entrada. De fora os curiosos empurravam, ao passo que os atônitos recuavam da soleira e se espremiam entre os ansiosos que queriam ver o que estava acontecendo naquele hall. Perguntavam a mim como se eu devesse saber, talvez porque meu rosto não exprimisse nem a curiosidade, nem a ânsia, nem a perplexidade que havia neles. Que aspecto tinham, não poderia dizer; naquele momento me sentia como que perdido, repentinamente atacado por uma matilha. Não via outra saída que não recorrer a meu gesto pueril. Devia trazer nos olhos uma expressão de medo e ao mesmo tempo de piedade por aqueles seis caídos e por todos os que estavam ao meu redor; talvez até sorrisse ao dizer a esse e aquele enquanto abria espaço: "Basta um sopro... assim... assim" – enquanto do chão o jovem médico, teimoso até o fim, gritava se contorcendo: "A epidemia! A epidemia!". Foi uma debandada geral; e eu me vi mais uma vez em meio àquela gente que corria apavorada e loucamente caminhando, apenas eu, a passos lentos, mas como um bêbado que falasse sozinho, terno e aflito; até que, não sei como, encontrei-me diante do espelho de uma loja, sempre com aqueles dois dedos na frente da boca e no ato de soprar "assim... assim...", talvez para fornecer uma prova da inocência daquele ato, mostrando que, vejam só, eu o fazia também contra mim, do único modo que me era possível. Por um instante me vi de relance naquele espelho, com olhos que eu mesmo não sabia mais como mirar, de tão cavados que estavam na cara de defunto; depois, como se o vazio tivesse me engolido ou tragado numa vertigem, não me vi mais; toquei o espelho, estava ali, diante de mim, olhava para ele e não me via; toquei em mim, a cabeça, o tronco, os braços; senti meu corpo sob as mãos, mas não o enxergava mais, sequer as mãos com as quais me apalpava; no entanto não estava cego; via tudo, a rua, as pessoas, as casas, o espelho; sim, eu tornava a tocá-lo, aproximava-me para procurar-me nele; eu não estava ali, não havia nem mesmo a mão que, porém, sentia sob os dedos o frio da lâmina; um ímpeto me tomou, frenético, de lançar-me naquele espelho em busca de minha imagem soprada para longe, desaparecida; e, enquanto estava assim, contra a lâmina do espelho, alguém, saindo da loja, trombou em mim e logo o vi pular para trás horrorizado e com a boca escancarada num grito de louco que não lhe saía da garganta: embatera-se em alguém que devia estar ali e não estava, não havia ninguém: insurgiu-se então em mim a necessidade prepotente de afirmar que eu existia; falei como no ar; soprei-lhe no rosto: "A epidemia!", e com um tapa no peito o abati. Entretanto a rua, tumultuada por aqueles que antes haviam fugido e agora, com rostos alucinados, voltavam atrás, decerto conclamando todos à minha procura, se enchia de gente que brotava de todos os lados, transbordante, como uma densa fumaça de faces cambiantes que me sufocava, quase evaporando-se no delírio de um sonho assombroso; mas mesmo espremido entre essa turba eu podia caminhar, abrir-me um sulco com meu sopro entre meus dedos invisíveis. "A epidemia! A epidemia!" Não era mais eu; agora finalmente compreendia: eu era a epidemia, e todos eram espectros, sim, eram espectros as vidas humanas que um sopro varria. Quanto durou aquele pesadelo? Por toda a noite e parte do dia seguinte tentei sair daquela multidão e, por fim, libertado até do aperto das casas da cidade horrenda, me senti eu também no ar do campo. Tudo estava dourado pelo sol; eu não tinha corpo, não tinha sombra; o verde era tão fresco e novo que parecia germinado agorinha por minha extrema necessidade de refrigério, e era tão meu que me sentia tocado em cada fio de relva movido pelo choque de um inseto que nele vinha pousar; tentava voar no voo quase de papel, destacado, de duas borboletas brancas em amor; e, como se realmente agora fosse um jogo, sim, um sopro e pronto, as asas destacadas das borboletas caíam leves pelo ar feito papel picado; mais adiante, numa cadeira abrigada por oleandros, sentava-se uma mocinha vestida com uma roupa celeste e um grande chapéu de palha guarnecido de rosas silvestres; piscava os cílios; pensava, sorrindo um sorriso que a tornava distante de mim como uma imagem de minha juventude; talvez não fosse verdadeiramente mais que uma imagem da vida abandonada ali, agora solitária sobre a terra. Um sopro e pronto! Comovido até a angústia por tanta doçura, eu continuava ali, invisível, com as mãos apertadas e prendendo o fôlego, contemplando-a de longe; e meu olhar era o próprio ar que a acariciava sem que ela se sentisse tocada.

Janet, a troncha
Robert Louis Stevenson

Título original
***Thrawn Janet* [1881]**

Tradução
Fábio Bonillo

ROBERT LOUIS STEVENSON (1850-1894) é um dos autores mais importantes da língua inglesa. Criador de livros tão fundamentais quanto *Dr. Jekyill e M. Hyde* e *A ilha do tesouro*, é responsável por todo um imaginário de viagens fantásticas e acontecimentos improváveis.

O conto *Janet, a troncha* – saudado por Henry James como "uma obra-prima em treze páginas" –, escrito em dialeto escocês, foi publicado na *Cornhill Magazine* em outubro de 1881 e posteriormente incluído na coletânea *The Merry Men and Other Tales and Fables* (1887).

HAVIA MUITO O REVERENDO MURDOCH SOULIS ERA ministro da paróquia de Balweary, nas charnecas do vale do Dule. Esse velho severo, de compleição sombria, que era o terror de seus ouvintes, passou os últimos anos de vida sem parentes nem criados, nem nenhuma companhia humana no pequeno e solitário presbitério que ficava abaixo do bosque dos Chorões. Apesar da férrea compostura de suas feições, tinha os olhos ensandecidos, assustadiços e inseguros; e, quando ruminava admoestações acerca do futuro dos impenitentes, era como se seu olhar atravessasse as borrascas do tempo e alcançasse os terrores da eternidade. Muitos jovens que iam se preparar para a temporada da Sagrada Comunhão saíam terrivelmente abalados por suas prédicas. No domingo seguinte a cada dia 17 de agosto, ele pregava um sermão baseado na primeira epístola de Pedro, capítulo cinco, versículo oito, "O Diabo anda em derredor bramando como leão", e a cada vez se superava na leitura dessa passagem, tanto pela amedrontadora natureza do tema como pelo terror que transmitia de cima do púlpito. As crianças se torciam de medo, e os velhos, parecendo mais vaticinadores que de costume, passavam o dia distribuindo avisos do tipo que Hamlet deplorava. O edifício do presbitério – junto às águas do Dule, entre espesso arvoredo, dominado pelo bosque de um lado e tendo, do outro, muitas colinas frias e áridas que subiam até os céus – começara desde o início do ministério do sr. Soulis a ser evitado nas horas crepusculares por todos aqueles que prezavam a prudência; e os senhores que frequentavam a taberna do vilarejo balançavam a cabeça juntos ante a ideia de passar muito tarde por aquela estranha vizinhança. Um lugar do edifício, em particular, inspirava mais assombro. O presbitério se situava entre a estrada e as águas do Dule, com uma empena voltada para cada um desses lados; ficava de costas para a freguesia de Balweary, distante quase

1 milha; na frente dele, um jardim infecundo, tomado pelos espinhos, ocupava o terreno entre o rio e a estrada. A casa tinha dois andares, guarnecidos de dois grandes cômodos. Não se abria diretamente para o jardim, mas para um pontilhão ou passagem elevada, que de um lado dava para a estrada e do outro era fechada por altos chorões e sabugueiros que bordejavam o riacho. E era esse trecho de pontilhão que desfrutava tão infame reputação entre os paroquianos de Balweary. Era hábito do pastor caminhar ali ao anoitecer, às vezes gemendo alto na urgência de suas preces inarticuladas; e, quando estava fora, e a porta do presbitério, trancada, os estudantes mais audazes se aventuravam, com o coração disparado, a brincar de "siga o mestre" por aquele lugar lendário.

Essa atmosfera de terror, por envolver um homem de Deus de caráter e ortodoxia imaculados, era motivo unânime de assombro e alvo de indagações entre os poucos forasteiros que o acaso ou o comércio conduziam àquela desconhecida e remota província. Mas até mesmo vários dos habitantes da paróquia ignoravam os estranhos eventos que haviam marcado o primeiro ano do ministério do pastor; e, entre os mais bem informados, alguns eram naturalmente reticentes, e outros calavam apenas esse tópico específico. Era somente vez por outra que um dos mais velhos ganhava coragem após o terceiro copo e recontava a razão dos olhares estranhos e da vida solitária do pastor.

—

Uns cinquenta anos antes, quando o sr. Soulis chegou a Ba'weary, era ainda um rapazola – praticamente imberbe, como dizia o povo – cheio das leituras e um ás da oratória, mas, como era de esperar em homem tão moço, sem nenhuma experiência religiosa de verdade. Os mais jovens ficaram assaz impressionados com os dons e a lábia dele; mas os velhos e as velhas, preocupados e sérios, trataram de rezar pelo mancebo, que tomavam por um fingidor, e pela paróquia, que acreditavam tão mal servida. Isso foi antes do tempo dos Moderados – que um raio os parta; mas coisa ruim é que nem coisa boa: vem de grão em grão, palmo a palmo; e havia uma gente que também dizia que Deus tinha deixado os professores das universidades à própria sorte, e que os moços que iam estudar com eles ganhariam mais se ficassem sentados na turfa, como seus ancestrais da época da perseguição, com a Bíblia debaixo do braço e o espírito da prece no coração. Não havia dúvida, porém, de que o tal sr. Soulis tinha extrapolado seu tempo nos estudos. Era cauteloso e atormentado muito além do necessário. Tinha uma porção de livros – mais do que já se vira antes em todo o presbitério; e que sufoco o transportador não deve ter passado, porque bem que poderiam cobrir todo o Brejo do Diabo que vai de Ba'weary até Kilmackerlie. Eram todos livros de teologia, p'ra ser mais exato, ou assim se dizia; mas os mais sérios eram da opinião de que não tinham serventia, uma vez que as Palavras de Deus cabiam todas dobradas dentro do regaço. Então ele costumava passar metade do dia e também metade da noite – o que não era nem um pouco decente – nada mais nada menos que... escrevendo; e primeiro ficaram com medo de que ele estivesse lendo seus sermões, mas depois se comprovou que ele estava escrevendo um livro de próprio punho, o que certamente não convinha a alguém co'a pouca idade e a pouca experiência que ele tinha.

De todo modo, agora ele precisava arranjar uma mulher decente p'ra cuidar do presbitério e preparar-lhe refeições frugais; e foi assim que lhe recomendaram uma mulher de má fama – Janet McClour era como se chamava –, e de tão ensimesmado que era, foi persuadido a empregá-la. Muitos o acautelaram do contrário, pois a tal Janet era mais do que suspeita aos olhos dos melhores cidadãos de Ba'weary. Muito tempo antes ela tinha dado à luz o filho de um soldado da cavalaria; não tomava o sacramento[1] já fazia talvez uns trinta anos; e uns fedelhos a tinham visto resmungando sozinha na Passagem dos Freixos ao entardecer, e aquilo não era hora nem lugar p'r'uma mulher temente a Deus. De todo modo, o próprio senhorio foi quem lhe falou da Janet pela primeira vez; e naqueles tempos o pastor teria feito de tudo p'ra contentar seu senhorio. Quando toda a gente lhe contou que Janet era mancomunada com o Tinhoso, ele descartou tudo como superstição; e, quando lhe mostraram a Bíblia e o episódio da bruxa de Endor, ele obrigou todo mundo a dobrar a língua, porque aqueles tempos tinham acabado e, sorte a nossa, Deus tinha subjugado o Demônio.

Ora, quando ganhou o vilarejo a notícia de que a Janet McClour seria a criada do presbitério, toda a gente se encolerizou com ela e com ele também; e a maioria das patroas não tinha nada melhor para fazer do que se reunir em sua porta e acusá-la de tudo quanto se podia acusá-la, desde o bastardo do soldado até o caso das duas vacas do John Tamson. Ela não era muito conversadeira; o pessoal deixava que ela cuidasse da própria vida e ela fazia o mesmo, sem nem dar boas-tardes ou bons-dias. Mas também, quando desandava a matraquear, conseguia ensurdecer até o moleiro do vilarejo. E tratava de sair por aí e não havia uma história antiga de Ba'weary que ela não obrigasse alguém a ouvir; as pessoas não conseguiam produzir uma palavra, mas em compensação ela produzia duas; até que, ao cabo de contas, as senhoras um dia se revoltaram e a agarraram, e rasgaram-lhe a roupa e a conduziram vi-

---

[1] Tomar o sacramento: comungar, recebendo o sacramento da Eucaristia. [N.A.]

larejo afora até as águas do Dule para ver se ela era mulher ou bruxa: ou afundava ou boiava. A bruaca guinchou tanto que dava para ouvir do bosque dos Chorões, e lutou co'a força de dez; muitas foram as patroas com manchas roxas no dia seguinte e muitos outros depois; e bem no auge do entrevero quem foi que apareceu senão o novo pastor (para cúmulo de seus pecados)?

– Mulheres – disse ele (e veja que ele tinha um vozeirão) –, ordeno, em nome de Deus, que a deixem em paz.

Janet correu até ele – estava completamente dominada pelo medo – e agarrou o pastor, e suplicou-lhe que pelo amor de Jesus Cristo a salvasse daquelas comadres; e elas, por sua vez, lhe contaram tudo quanto se sabia sobre ela, e talvez mais, até.

– Mulher – disse ele a Janet –, é verdade?

– Por Deus que está me vendo e que me fez assim – disse ela –, nada disso procede. Tirando o menino, por toda a minha vida fui mulher honrada.

– Em nome de Deus e diante de mim, Seu indigno pastor – disse o sr. Soulis –, você renuncia ao Diabo e às suas obras?

Ora, dizem que, ao ouvir aquela pergunta, ela arreganhou uma carantonha que aterrorizou todos que viam, e que puderam ouvir os dentes dela rangendo; mas, de todo modo, não havia o que fazer; Janet ergueu a mão e, diante de todos, renunciou ao Diabo.

– E agora – disse o sr. Soulis às patroas – chispem todas para casa, e que implorem a Deus o Seu perdão.

E ele deu o braço à Janet, embora ela estivesse só de combinação, e a conduziu de volta à porta de sua casa, como se fosse uma dama; e as cacarejadas e as risadas que deu foram um escândalo que só.

Muita gente séria passou aquela noite a rezar; mas foi só amanhecer e um medo tão grande se abateu sobre toda

Ba'weary que fez os fedelhos se esconderem e os adultos ficarem espiando nas portas. Porque Janet vinha vindo pelo vilarejo – ela ou algo que se parecia com ela, ninguém soube dizer – com o pescoço torcido e a cabeça caída p'r'um lado, feito um cadáver enforcado, e um sorriso arreganhado na cara como o de um corpo que desprenderam da forca. Ao cabo de contas, acabaram se acostumando, e até lhe pediram que contasse o que havia de errado; mas, desde aquele dia ela nunca mais falou como mulher cristã, só babava e rilhava os dentes, como se fossem as duas lâminas de uma tesoura; e desde aquele dia o nome de Deus nunca mais lhe veio aos lábios. Por mais que tentasse pronunciá-lo, nunca lhe saía da boca. No vilarejo, os que mais sabiam eram também os que mais calavam; mas nunca nomearam aquilo com o nome de Janet McClour; porque a velha Janet, na opinião deles, se achava já nas profundas do inferno naquele dia. Mas não havia meio de deter o pastor; só fez pregar sobre a crueldade do povo, que rendera à Janet uma paralisia que a deixou entronchada; castigou as crianças que a haviam atormentado; e levou-a ele mesmo até o presbitério aquela noite, demorando--se com ela lá na vereda do bosque dos Chorões.

Bem, o tempo passou, e os desocupados começaram a esquecer o episódio macabro. O pastor era benquisto; estava sempre a escrever, e toda a gente via sua vela rebrilhando nas águas do Dule depois que escurecia; e ele parecia contente e sossegado como no começo, embora todo mundo pudesse ver que ele estava definhando. Já a Janet, esta ia p'ra lá e p'ra cá; se já não falava muito antes, razão não tinha p'ra desenferrujar a língua agora; não incomodava ninguém; mas era uma coisa execrável de ver, e ninguém em toda Ba'weary ousaria bulir com ela.

Perto do fim de julho fez um tempo estranho, do tipo que nunca se viu na província: desanuviado, abafado, inclemente; os rebanhos não conseguiam escalar o cerro Preto, os fedelhos não encontravam forças p'ra brincar; mas mesmo assim o tempo estava ventoso, com lufadas quentes que estalavam nas várzeas e umas chuvinhas que não molhavam. A gente achava que de manhã cairia uma tempestade; mas a manhã seguinte chegava, e mais outra, e era sempre aquele tempo esquisito a oprimir homens e feras. Por pior que o tempo fosse, ninguém sofreu mais que o sr. Soulis; não conseguia dormir nem comer, segundo contou aos seus presbíteros; e, quando não estava a escrever aquele seu livro aborrecido, estava a perambular sem rumo por todo o campo feito um possesso, quando todo mundo dava graças por estar ao fresco dentro de casa.

Acima do bosque dos Chorões, no refúgio do cerro Preto, existe um terreno rodeado de cercas de ferro; e outrora, ao que parece, o tal terreno era o cemitério de Ba'weary, consagrado pelos papistas antes que a luz sagrada banhasse o reino. De todo modo, era o reduto predileto do sr. Soulis; lá ele podia se sentar para repassar os seus sermões, e de fato o lugar é um bom conchego. Ora, ao sair um dia da ponta oeste do cerro Preto, ele avistou duas, depois quatro, e depois sete galhas-pretas voejando sem parar sobre o velho cemitério. Voavam de alto a baixo, e gralhando uma para a outra; e ao sr. Soulis pareceu certo que algo extraordinário as tinha espicaçado. Nada lhe metia muito medo, e ele foi direto ao muro; e o que encontrou, senão um homem, ou algo que semelhava um homem, sentado numa sepultura? Era muito alto, negro como o inferno, e seus olhos eram admiráveis.[2] O sr. Soulis sempre ouvira falar dos homens negros; mas aquele ali tinha alguma coisa que

---

[2] Na Escócia era comum a crença de que o Diabo aparecia na forma de um homem negro. É o que consta em vários julgamentos de bruxas e, creio, nos *Memoriais* de Law, esse encantador armazém de tudo quanto há de bizarro e macabro. [N.A.]

o fazia fraquejar. Afogueado como estava, sentiu um calafrio lhe perpassar pela medula; mas apesar de tudo falou:
— O amigo não é destas bandas, é?

O negro não lhe respondeu palavra; pôs-se de pé e arrastou-se até o outro muro, mas sem parar de olhar para o pastor; e o pastor ficou ali parado, olhando de volta; até que, num piscar de olhos, o negro pulou o muro e correu para o abrigo das árvores. O sr. Soulis — sem saber bem por quê — saiu correndo atrás dele; mas estava sobremaneira esfalfado pela caminhada e pelo tempo quente e nocivo que fazia; e, por mais que corresse, não lhe foi dado ver mais que um vislumbre do negro por entre as bétulas, até que alcançou o sopé da encosta, e lá o viu uma vez mais, correndo, pulando, pisando e saltando a água do Dule rumo ao presbitério.

Agastado co'a ideia de que o assustador andarilho estivesse familiarizado com o presbitério, apertou o passo com os sapatos molhados, vadeando o riacho e galgando a passagem; mas não se encontrava aquele diabo de negro em lugar algum. Ganhou a estrada, porém não havia ninguém ali; percorreu todo o jardim, e nada do negro. Ao cabo de contas — e um pouco assustado, como era de esperar —, ergueu o ferrolho e entrou no presbitério; e lá, diante de seus olhos, estava a Janet McClour, com aquele seu pescoço torcido, e não muito feliz em vê-lo. Desde então ele nunca se esqueceu do arrepio gélido e agourento que sentiu ao pôr os olhos nela.

— Janet — disse ele —, viu por aí um homem negro?
— Um homem negro? — disse ela. — Valha-me Deus! O pastor perdeu o juízo. Não tem nenhum negro em Ba'weary todinha.

Mas que fique claro que ela não falou assim nitidamente; ela tartamudeou entredentes feito um cavalo com o freio metido na boca.

– Bem, Janet – disse ele –, se o tal do negro não existe, então eu conversei foi com o Acusador de Nossos Irmãos.

E sentou-se como que febril, batendo os dentes.

– Disparates! – disse ela. – Tome tento, pastor.

E lhe passou um trago de brandy, que sempre levava consigo.

Então o sr. Soulis foi ao encontro de todos aqueles livros no seu gabinete. O aposento era grande, de pé-direito baixo, lúgubre, frio de matar durante o inverno e não muito seco nem em pleno verão, porque o presbitério fica perto do riacho. E então lá ele se sentou e pensou em todos aqueles que chegaram e partiram desde que ele viera p'ra Ba'weary, e em sua terra natal, e nos tempos de criança quando corria alegre pelos morros – e aquele homem negro sempre a correr pela sua cabeça, feito o estribilho de uma cantiga. Quanto mais pensava, mais pensava no homem negro. Tentou um pai-nosso, mas as palavras não lhe vinham; e, dizem, tentou escrever lá o seu livro, mas nenhuma ideia lhe aventava. Momentos houve em que pensou ter o preto no seu cangote, e o suor lhe brotava frio como água de poço; e em outros momentos parecia voltar a si como um bebê recém-batizado livre de preocupações.

P'ra arrematar, sucedeu que ele foi até a janela e lá ficou, olhando carrancudo para o curso do Dule. O arvoredo estava anormalmente denso, e a água corria escura e funda abaixo do presbitério; e ali ele viu Janet lavando roupa co'as vestes arregaçadas.

Estava de costas pr'o pastor, que por sua vez mal sabia o que é que estava olhando. Então ela se voltou e mostrou o rosto; o sr. Soulis sentiu, redobrado, o mesmo calafrio que sentira duas vezes naquele dia, e nele lampejou a lembrança daquilo que o povo dizia: que a Janet morrera havia muito tempo, que esta daí era só uma assombração que habitava seu enregelado corpo de barro. Ele afastou-se um tantinho e inspecionou-a com vagar. Ela batia as roupas bem batido, cantarolando distraída; e, ai! que Deus nos guarde, que rosto terrível ela tinha. Logo começou a cantar mais alto, mas não havia homem saído de ventre de mulher que pudesse distinguir as palavras daquela canção; e o tempo todo ela olhava de esguelha p'ra baixo, onde não havia nada que ver. Então uma sensação de asco e repugnância percorreu todo o corpo do pastor – era uma advertência divina. Mas o sr. Soulis recriminou-se por ter pensado tão mal de uma velhusca pobre, encanecida e sofredora, que não tinha amigo no mundo além dele; e ele fez uma precezinha p'ra si mesmo e p'ra ela, e bebeu um pouco de água fresca – pois o coração parecia querer subir-lhe pelo peito – e deitou-se na cama sem cobertas p'ra dormir à tardinha.

Aquela noite, a noite de 17 de agosto de 1712, nunca será esquecida em Ba'weary. O calor era forte antes, conforme eu já contei, mas aquela noite esquentou como nunca. O sol baixou entre nuvens de aspecto sobrenatural; fez-se um escuro infernal; nem estrela se via, nem vento se ouvia; não se enxergava nem a própria mão na frente do rosto, e até a gente mais velha arrancou as cobertas da cama, respirando a custo. Com tudo o que lhe ia na cabeça, estava patente que o sr. Soulis mal dormiria. Deitou-se, e debateu-se, e revirou-se; aquela cama boa e fresca dele queimava-o até os ossos; ora dormitava, ora despertava; ora ouvia o soar do relógio, ora ouvia um cão bravio uivando na charneca, como se alguém tivesse morrido; ora pensava ouvir fantasmas tagarelando em seu ouvido, ora via fogos-fátuos no quarto. Devia, concluiu, estar doente; e doente estava – mas nem atinava co'a causa da doença.

Ao cabo de contas, ele recobrou alguma clareza mental, sentou-se de camisolão na beira da cama e começou a pensar de novo no homem negro e na Janet. Não sabia muito bem explicar – talvez estivesse com os pés frios –, mas lhe veio como uma torrente a ideia de que havia algum elo a unir os dois, e que um ou ambos deviam ser fantasmas. E justo naquele momento, no quarto da Janet, que era pegado ao dele, ouviu-se um tropel como se houvesse homens se engalfinhando, e em seguida um forte estrondo; e então uma ventania zuniu por todos os cantos da casa; e depois tudo voltou àquele silêncio sepulcral.

O sr. Soulis não temia homem nem Diabo. Pegou da sua pederneira e acendeu uma vela, e com três pulos já estava à porta da Janet. Vendo-a destrancada, escancarou-a e espiou audaciosamente. Era um quarto amplo, tão amplo como o seu, provido de mobília imponente, antiga e sólida, pois que nada mais ele possuía. Havia lá uma cama de quatro colunas com panos velhos; e um belo armário de carvalho abarrotado dos livros de teologia do pastor, ali ajuntados p'ra saírem do meio; e cá e lá umas peças de roupa da Janet espalhadas pelo chão. Mas ver a Janet mesmo, o sr. Soulis não viu, tampouco sinais de altercação. Tratou de avançar no quarto (e poucos o teriam seguido) e olhou ao redor e se pôs à escuta. Mas não havia nada para ouvir dentro do presbitério nem em toda a paróquia de Ba'weary, e nada para ver, senão as enormes sombras que se retorciam em volta da vela. E então, de chofre, o coração do pastor retumbou e congelou, e um vento gelado soprou por entre seus cabelos. Que visão hedionda aquele pobre homem encontrou! Pois eis que ali estava a Janet dependurada num prego ao lado do velho armário de carvalho; a cabeça continuava caída sobre o ombro, os olhos tapados, a língua escapando da boca e os calcanhares suspensos a 3 palmos do chão.

– Deus misericordioso! – pensou o sr. Soulis. – A mísera está morta.

Avançou mais um passo na direção do cadáver; e então seu coração quase revirou dentro do peito. Pois – por meio de um artifício que homem nenhum conseguiria conceber – ela estava pendurada por um único prego e por um único fio de algodão de cerzir meias.

Atravessar sozinho a noite com prodígios assim trevosos é coisa das mais terríveis; mas o sr. Soulis firmava-se em Deus. Virou-se e saiu do quarto, trancando a porta atrás de si; e desceu as escadas, passo a passo, pesado como chumbo; e depôs a vela na mesa do térreo. Não conseguia rezar, não conseguia refletir, pingava de suor frio, e não ouvia nada além do tum-tum-tum do coração. Talvez tenha permanecido lá uma hora, duas até, não soube precisar, quando de repente ouviu um rebuliço baixo, diferente, vindo lá de cima; ouviam-se passos, iam p'ra lá e p'ra cá no aposento em que se achava o cadáver pendurado; então a porta se abriu, apesar de ele saber muito bem que a tinha trancado; e então se ouviu uma passada no patamar, e foi como se, por cima do balaústre, o cadáver estivesse a olhar p'ra ele lá embaixo.

Ele apanhou de novo a vela (porque não aguentava ficar sem luz) e, o mais calmamente que pôde, saiu da casa e foi para a outra extremidade do pontilhão. Lá fora ainda estava preto feito piche; a chama da vela, quando ele a pôs no chão, ficou ardendo firme e clara, como num aposento fechado; nada se mexia – exceto a água do Dule gorgolejando e gargarejando na várzea e aquelas mesmas passadas ímpias arrastando-se escada abaixo dentro do presbitério. Ele conhecia muito bem aquele andar, porque era o passo da Janet; e a cada passo que se avizinhava seu sangue ficava mais frio. Ele encomendou a alma Àquele que era seu criador e guardador.

– Ai, Senhor – disse ele –, dá-me forças esta noite para combater os poderes do mal.

Nesse momento, as passadas estavam chegando ao corredor; ele conseguia ouvir uma mão deslizar pela parede, como se aquela coisa tenebrosa estivesse tateando o caminho. Os chorões do bosque balouçavam e gemiam juntos, um longo suspiro se fez ouvir nas colinas, a chama da vela bruxuleou; e lá estava o cadáver da troncha Janet, com seu vestido de gorgorão e sua touca preta, a cabeça sempre caída sobre o ombro e o sorriso sempre arreganhado na cara – viva, qualquer um diria, mas morta, como o sr. Soulis bem sabia –, na soleira do presbitério.

É estranho que a alma do homem esteja tão entretecida a um corpo perecível; mas o pastor viu aquilo e seu coração não se rasgou.

Ela não se quedou muito tempo ali; logo voltou a se mexer e caminhou devagar na direção do sr. Soulis, lá onde ele estava, embaixo dos chorões. Toda a vida que ele tinha no corpo, toda a força que ele tinha no espírito transpareciam nos seus olhos. Ela fez menção de falar, mas lhe faltaram as palavras, e gesticulou co'a mão esquerda. O vento estalou feito um gato chiando; a vela apagou-se, os chorões gritaram como gente viva e o sr. Soulis soube que, acabasse vivo ou morto, era chegado o fim.

– Bruxa! Víbora! Demônio! – exclamou ele. – Eu ordeno, pelo poder de Deus, que vá embora daqui: aos mortos, a sepultura; aos condenados, o inferno!

E naquele momento a própria mão do Senhor desceu dos céus e fustigou o horror ali mesmo: o cadáver profanado da bruxa velha, que passara tanto tempo fora da sepultura sendo guiado por demônios, fulgurou como fogo de enxofre e desfez-se em cinzas no chão; seguiu-se uma trovoada, ribombo após ribombo, acompanhada de uma chuva retumbante; e o sr. Soulis saltou sobre a cerca do jardim e correu, urrando um urro atrás do outro, pr'o vilarejo.

Naquela mesma manhã o John Christie viu o homem negro passar pelo outeiro pouco antes das seis; antes das oito cruzou o albergue de Knockdow, e não muito depois o Sandy McLellan viu-o descer às carreiras as colinas de Kilmackerlie. Resta pouca dúvida de que foi ele que ocupou por tanto tempo o corpo da Janet; mas finalmente ele se fora; e desde então o Diabo nunca mais veio nos incomodar em Ba'weary.

Mas pr'o pastor foi uma amarga provação; por muito, muito tempo, ele ficou delirando na cama; e, desde aquela hora até o dia de hoje, ele é esse homem aí que vocês conhecem.

O álbum do
cônego Alberico
M. R. James

Título original
***Canon Alberic's
Scrapbook* [1894]**

Tradução
Fábio Bonillo

M. R. JAMES (1862-1936) foi um típico *scholar* britânico, erudito e estudioso reservado, medievalista influente, catedrático do King's College de Cambridge e do Eton College. Um homem cuja vida parecia não trazer grandes sobressaltos – que, talvez por esse motivo, foram buscados na ficção. Escreveu diversos contos de terror fantástico, sobrenatural, renovando o gênero "histórias de fantasmas" através de um pavor sugerido, imagens alucinantes, soluções engenhosas e ironia cruel. A influência desse discreto professor inglês que gostava de ambíguos fantasmas foi imensa: autores tão díspares quanto H. P. Lovecraft, William Fryer Harvey ou Kingsley Amis prestaram homenagem ao estilo inconfundível de sobrenatural produzido por James.

O álbum do cônego Alberico abriu a primeira coletânea de histórias fantasmagóricas de M. R. James, *Ghost Stories of an Antiquary* (1904). Mas, escrita em 1894, foi publicada ainda naquele ano, na *National Review*.

SAINT-BERTRAND-DE-COMMINGES É UMA ALDEIA DERrocada que se situa nos contrafortes dos Pireneus, não muito longe de Toulouse e muito próxima de Bagnères-de-Luchon. Abrigou um episcopado até a Revolução e possui uma catedral que recebe a visita de considerável número de turistas. Na primavera de 1883, um inglês chegou àquele lugar de antanho – eu dificilmente o dignificaria com o epíteto de "cidade", pois não conta nem mil habitantes. Ele era um homem de Cambridge, egresso de Toulouse especificamente para ver a igreja de Saint-Bertrand, e deixara dois amigos que, ao contrário dele, eram pouco entusiasmados por arqueologia, aguardando no hotel em Toulouse, sob a promessa de que se uniriam a ele na manhã seguinte. Meia hora na igreja bastaria para satisfazer os dois, e o trio poderia depois prosseguir viagem na direção de Auch. Mas nosso inglês chegara cedo no dia em questão e propôs-se preencher com anotações todo um caderno e usar dezenas de chapas para descrever e fotografar cada recanto da espantosa igreja que domina a pequena colina de Comminges. A fim de executar o plano a contento, fazia-se necessário monopolizar a atenção do acólito da igreja por um dia. O acólito ou sacristão (prefiro esta última designação, por mais inexata que seja) foi devidamente chamado pela senhora algo rude que mantém a estalagem do Chapeau Rouge; e, assim que ele chegou, o inglês julgou-o um objeto de estudo inesperadamente interessante. Recaía o interesse não na aparência pessoal do velhote, pequeno, seco, encarquilhado, pois ele era exatamente igual a dezenas de outros guardiões de igreja da França, mas sim no ar curiosamente furtivo, ou melhor, amedrontado e oprimido que ele tinha. A todo momento relanceava o olhar por sobre os ombros; os músculos de suas costas e espáduas pareciam arqueados numa contração nervosa contínua, como se esperasse ver-se a qualquer instante nas garras de um inimigo. O inglês não sabia bem se o classificava como um homem assombrado por uma ideia fixa, um homem opresso por uma consciência culpada ou um marido insuportavelmente apoquentado. As probabilidades, quando avaliadas, decerto sugeriam o último cenário; mas ainda assim a impressão transmitida era a de um perseguidor mais formidável que uma esposa viperina.

No entanto, o inglês (chamemo-lo Dennistoun) logo ficou por demais mergulhado em seu caderno e ocupado com sua câmera para conseguir dirigir mais que um olhar ocasional para o sacristão. Sempre que olhava para ele achava-o não muito longe, ora escorado contra a parede, ora acocorado entre aqueles belíssimos bancos do coro da igreja. Após um tempo, Dennistoun afligiu-se sobremaneira. Passaram a atormentá-lo as suspeitas de estar impedindo o *déjeuner* do velhote, de estar sendo visto como alguém capaz de surrupiar o báculo de marfim de Saint-Bertrand ou o poeirento crocodilo empalhado que pende da pia batismal.

– Não gostaria de ir para casa? – perguntou-lhe por fim. – Posso muito bem terminar de tomar notas sozinho; pode trancar-me aqui, se desejar. Precisarei de pelo menos mais duas horas, e este lugar deve ser muito frio para o senhor, não?

– Misericórdia! – disse o homenzinho, a quem a sugestão pareceu lançar num estado de indizível terror. – Não pense numa coisa dessas nem por um momento. Deixar *monsieur* sozinho na igreja? Não, não; duas horas, três horas, para mim dá no mesmo. Já tomei minha refeição e não estou nem um pouco com frio. Agradecido, *monsieur*.

– Muito bem, meu camarada – ponderou Dennistoun. – Você foi avisado e deverá assumir as consequências.

Antes do decurso das duas horas, os bancos, o enorme órgão dilapidado, as cancelas da capela-mor do bispo Jean de Mauléon, os remanescentes de vitrais e tapeçarias e os objetos da sala dos relicários haviam sido de todo examinados; o sacristão continuava nos calcanhares de Dennistoun e vez por outra se espaventava, como se fustigado, quando um ou outro dos estranhos ruídos que ressoavam no amplo edifício vazio lhe chegava aos ouvidos. Ruídos por vezes curiosos, aqueles.

– Em dado momento – disse-me Dennistoun – podia jurar ter ouvido uma vozinha metálica rindo no alto da torre. Fulminei meu sacristão com um olhar inquiridor. Seus lábios estavam pálidos. "É ele... quer dizer... não é ninguém; a porta está trancada", foi tudo o que ele disse, e nos encaramos por um minuto inteiro.

Outro pequeno incidente intrigou Dennistoun sobremaneira. Estava ele a examinar um enorme quadro sombrio que pende atrás do altar, uma das imagens que ilustram os milagres de Saint-Bertrand. Sua composição é praticamente indecifrável, mas logo abaixo dela se lê uma legenda em latim, que diz:

Qualiter S. Bertrandus liberavit hominem quem diabolos diu volebat strangulare.
(De como São Beltrão libertou um homem a quem o Diabo havia muito buscava estrangular.)

Dennistoun estava se voltando para o sacristão com um sorriso e alguma observação jocosa nos lábios, mas foi surpreendido ao ver o velhote de joelhos, fitando a imagem com olhar súplice e agonizante, as mãos postas, crispadas, e uma torrente de lágrimas nas bochechas. Dennistoun naturalmente fingiu nada perceber, mas uma pergunta não o abandonava: *Por que uma obra de diletante como esta afetaria alguém com tanta intensidade?*. Parecia-lhe estar chegando a alguma espécie de pista para o motivo do estranho olhar que o estivera intrigando o dia todo: o homem devia ser um monomaníaco. Mas qual era a sua ideia fixa?

Aproximavam-se as cinco horas; o dia curto chegava ao fim, e a igreja começou a encher-se de sombras, ao mesmo tempo que os curiosos ruídos – passadas amortecidas e vozes distantes que durante todo o dia tinham sido perceptíveis – pareciam (sem dúvida devido ao esmaecimento da luz e ao consequente aguçamento da audição) tornar-se mais assíduos e insistentes.

Pela primeira vez o sacristão começou a dar sinais de pressa e impaciência. Soltou um suspiro de alívio quando a câmera e o caderno de anotações foram enfim empacotados e guardados e indicou apressadamente a Dennistoun a porta ocidental da igreja, debaixo da torre. Era a hora de soar o ângelus. Uns poucos repuxões na corda relutante e o grande sino bertrandense, do alto do campanário, começou a cantar, e sua voz ondulou entre os pinheiros até chegar aos vales, soando com os regatos montanheses a chamar os habitantes daquelas solitárias colinas para lembrar e repetir a saudação do anjo àquela que ele chamava de Bendita entre as mulheres. Ao que um calar profundo pareceu recair pela primeira vez sobre a aldeota naquele dia, e Dennistoun e o sacristão saíram da igreja.

Nos degraus, encetaram uma conversa:

– *Monsieur* pareceu interessado nos velhos hinários da sacristia.

– Deveras. Eu já ia lhe perguntar se há alguma biblioteca na aldeia.

– Não, *monsieur*; talvez houvesse uma de propriedade do cabido, mas o lugar agora é tão pequeno...

Nesse ponto pareceu haver uma estranha pausa de irresolução; em seguida, com uma espécie de arremetida, ele prosseguiu:

– Mas se *monsieur* é um *amateur des vieux livres*, tenho em casa algo que pode interessá-lo. Não fica nem a 100 jardas daqui.

De imediato os acalentados sonhos de que encontraria inestimáveis manuscritos em recantos inexplorados da França acenderam-se na mente do inglês, para se extinguirem no momento seguinte. Provavelmente se tratava de algum estúpido missal impresso por Plantin por volta de 1580. Qual era a probabilidade de um lugar tão próximo a Toulouse não ter sido pilhado havia muito por colecionadores? No entanto, seria estupidez não acompanhar o sacristão; ele se recriminaria por toda a vida caso recusasse. Assim foi que partiram. No caminho, a curiosa irresolução e a súbita determinação do sacristão voltaram à mente de Dennistoun, e ele se perguntava, um tanto vexado, se não estaria sendo atraído para algum arrabalde onde lhe dariam um fim, por suporem que era um inglês rico. Logrou, portanto, entabular conversa com seu guia aludindo, de maneira bastante desajeitada, ao fato de que aguardava a chegada de dois amigos na manhã seguinte. Para sua surpresa, o anúncio pareceu imediatamente aliviar o sacristão de parte da angústia que o oprimia.

– Isso é ótimo – disse ele muito contente. – Isso é muito bom. *Monsieur* irá viajar na companhia de seus amigos; eles sempre estarão a seu lado. É uma ótima coisa viajar assim em companhia... às vezes.

A última frase pareceu ter sido acrescentada após meditação tardia e ter feito o pobre-diabo recair na melancolia.

Logo deram numa casa, muito maior que as adjacentes, feita de pedra e com uma porta esculpida com um brasão, o brasão de Alberico de Mauléon, descendente colateral, segundo me informou Dennistoun, do bispo Jean de Mauléon. O tal Alberico foi cônego de Comminges de 1680 a 1701. As janelas superiores da mansão estavam tapadas com tábuas, e o lugar todo transmitia, assim como o resto de Comminges, o aspecto de uma época em declínio.

Chegados à soleira, o sacristão deteve-se um momento.

– Talvez – disse ele –, talvez, afinal de contas, *monsieur* esteja sem tempo?

– Em absoluto, tenho muito tempo, nada que fazer até amanhã. Vejamos o que o senhor tem para mim.

Nesse momento a porta se abriu, e por ela assomou um rosto, um rosto muito mais jovem que o do sacristão, que contudo carregava o mesmo olhar perturbado – com a diferença de que sua angústia não parecia provir de um temor pela própria segurança, mas de forte apreensão pelo resguardo de outrem. Claro estava que a dona daquele rosto era a filha do sacristão; e, salvo pela expressão que descrevi, era uma garota bastante bela. Desanuviou-se consideravelmente ao ver o pai acompanhado de um forasteiro de compleição sadia. Dos poucos comentários que pai e filha trocaram Dennistoun captou apenas estas palavras, ditas pelo sacristão: "Ele estava rindo na igreja", e acolhidas com um olhar apavorado da garota.

Mas em um minuto estavam todos na sala de visitas, aposento pequeno, de pé-direito alto e soalho de pedra, habitado por sombras em movimento que um fogo dentro de uma grande lareira projetava. Esta lembrava uma espécie de oratório com seu crucifixo alto, que, numa das paredes, quase chegava ao teto; a imagem estava pintada com cores naturais, e a cruz era negra. Debaixo do crucifixo achava-se um baú de certa idade e solidez, e, quando trouxeram uma lamparina e arrumaram as cadeiras, o sacristão foi até o baú e, com crescente excitação e inquietude – conforme pareceu a Dennistoun –, tirou de dentro dele um livro enorme, envolvido num pano branco, no qual se via bordada com linha vermelha uma tosca cruz. Antes mesmo de removido o envoltório, Dennistoun passou a interessar-se pelo tamanho e pelo formato do volume. "Grande demais para um missal", pensou, "e seu formato é diferente do de um antifonário; talvez seja alguma coisa boa, afinal de contas". No momento seguinte o livro estava aberto, e Dennistoun achou que afinal de contas havia topado com algo de proveito. Diante dele abria-se um grande in-fólio, encadernado talvez no fim do século XVII, com o brasão dourado do cônego Alberico de Mauléon estampado em ambas as capas. Devia haver umas 150 folhas no livro, e em quase cada uma delas estava afixado um recorte extraído de um manuscrito com iluminuras. Com tal seleta Dennistoun dificilmente teria sonhado, nem em seus mais loucos desvarios. Ali estavam dez folhas de uma cópia do Gênesis, ilustradas com imagens, cuja datação não podia ser posterior ao ano 700 d.C. Mais adiante havia um conjunto completo de imagens de um saltério, de execução inglesa, da mais refinada espécie que o século XIII havia produzido; e – o que talvez fosse o melhor – havia também vinte folhas com escrita uncial latina, as quais, conforme logo sugeriram as poucas palavras que ele entrevira aqui e ali, deviam pertencer a algum remoto e desconhecido tratado de patrística. Acaso seria um fragmento da cópia da *Exegese das palavras do Senhor*, de Pápias, que se acreditava ter existido em Nîmes no fim do século XII?[1] Em todo caso, ele já se decidira: aquele livro deveria retornar com ele a Cambridge, mesmo que tivesse de retirar todo o seu saldo do banco e ficar em Saint-Bertrand até que o dinheiro chegasse. Ele relanceou o olhar para o rosto do sacristão em busca de algum sinal de que o livro estava à venda. O sacristão estava pálido, e seus lábios se crisparam.

---

[1] Sabemos hoje que essas folhas de fato continham um significativo fragmento dessa obra, se não a cópia mesma. [N.A.]

– Se *monsieur* tiver a bondade de folhear até o fim... – disse ele.

Assim *monsieur* o fez, encontrando novos tesouros a cada folha que virava; e no fim do livro ele deu com duas folhas de datação muito mais recente que tudo quanto já vira, e que muito o intrigaram. Deviam ser contemporâneas – refletiu – do inescrupuloso cônego Alberico, que sem dúvida havia saqueado a biblioteca do cabido de Saint--Bertrand para formar aquele inestimável álbum de recortes. Na primeira folha havia uma planta – desenhada com esmero e imediatamente reconhecível por quem conhecesse o terreno – da nave sul e dos claustros da igreja de Saint-Bertrand. Havia sinais curiosos que semelhavam símbolos planetários e algumas palavras em hebraico nos cantos; e no ângulo noroeste do claustro via-se uma cruz desenhada com tinta dourada. Subscrevendo a planta havia uma inscrição em latim, que assim se lia:

Responsa 12(mi) Dec. 1694. Interrogatum est: Inveniamne? Responsum est: Invenies. Fiamne dives? Fies. Vivamne invidendus? Vives. Moriarne in lecto meo? Ita.
(Respostas de 12 de dezembro de 1694. Perguntaram: Encontrarei? Resposta: Encontrarás. Enriquecerei? Enriquecerás. Invejar-me-ão? Invejar-te-ão. Morrerei em meu leito? Morrerás.)

– Que belo exemplar de um álbum de caçador de tesouros... Lembra-me um pouco do sr. Quatremain, cônego honorário que figura no romance *A antiga Catedral de São Paulo* – observou Dennistoun, virando a página.

O que em seguida viu impressionou-o, segundo relatou--me ele, mais do que o impressionaria qualquer desenho ou gravura. E, embora o desenho que viu não exista mais, há uma fotografia dele (hoje em minha posse) que sustenta inteiramente a declaração de Dennistoun. A imagem em questão era um desenho em sépia datado do fim do século XVII representando, dir-se-ia em um primeiro momento, uma cena bíblica, pois a arquitetura (a imagem retrata um interior) e as figuras tinham aquele sabor semiclássico com que os artistas de duzentos anos antes julgavam apropriado ilustrar a Bíblia. À direita havia um soberano num trono elevado doze degraus acima do chão e encimado por um baldaquino, cercado por soldados – evidentemente o rei Salomão. Este estava inclinado para a frente com o cetro em riste, em atitude de comando; seu semblante expressava horror e asco, não obstante também houvesse nele a marca da ordem imperiosa e da pujante confiança. A metade esquerda da imagem era coisa das mais estranhas, no entanto. E era lá que se concentrava todo o interesse.

No pavimento defronte do trono agrupavam-se quatro soldados, circundando uma figura acocorada que será descrita no devido momento. Um quinto soldado jazia morto no chão, com o pescoço estorcido e os olhos saltando da órbita. Os quatro guardas ao redor da figura olhavam para o rei. Em seus rostos, o sentimento de horror era intenso; pareciam, de fato, demovidos de fugir apenas pela implícita confiança que tinham em seu senhor. Todo aquele terror era claramente suscitado pelo ser agachado no meio deles.

Desisto completamente de tentar transmitir em palavras a impressão que essa figura causa a quem quer que a contemple. Recordo que uma vez mostrei a fotografia do desenho a um professor de morfologia – pessoa essa, diria eu, de uma sanidade imperturbável e pouco propensa a voos de imaginação. Ele se recusou absolutamente a ficar sozinho pelo resto daquela noite e depois me revelou que, vários dias depois, ainda não ousava apagar a luz antes de ir dormir. Os principais aspectos da figura, no entanto, consigo ao menos aqui referir.

A princípio via-se apenas uma maçaroca indistinta de cabelos pretos; logo se percebia que tal cabeleira cobria um corpo de temível magreza, quase escaveirada, cujos músculos, no entanto, sobressaíam como arames. As mãos tinham um palor sombrio e, assim como o corpo, estavam cobertas de pelos compridos e cerdosos e tinham garras hediondas. Os olhos, tingidos de um amarelo luzente, tinham pupilas de um preto intenso e fulminavam o rei entronizado com um ódio animalesco. Imaginem uma das horríveis tarântulas predadoras de pássaros da América do Sul transmutada em forma humana e dotada de inteligência sub-humana e terão uma leve ideia do terror que a horripilante efígie inspirava. Observação unânime de todos a quem mostrei a imagem foi: "É como se fora desenhada a partir de um modelo vivo".

Assim que o choque inicial desse medo irreprimível esmoreceu, Dennistoun voltou o olhar aos seus anfitriões. O sacristão crispava as mãos sobre os olhos; a filha, mirando a cruz lá no alto, desfiava fervorosamente as contas do seu rosário.

Por fim a pergunta foi lançada:

– Este álbum está à venda?

Houve a mesma hesitação, o mesmo ímpeto de determinação que ele antes notara, e então veio a acalentada resposta:

– Se *monsieur* assim o desejar.

– Quanto quer por ele?

– Aceito 250 francos.

A resposta era desconcertante. Até mesmo a consciência de um colecionador às vezes se acautela, e a de Dennistoun era mais transigente que a de um colecionador.

– Meu bom homem! – disse ele repetidamente. – Seu livro vale mais que 250 francos. Eu lhe garanto: muito mais.

Mas a resposta não se alterou:

– Aceito 250 francos e nada mais.

Não havia possibilidade nenhuma de recusar tal chance. Pagou-se o valor, assinou-se um recibo, selou-se a transação com uma garrafa de vinho, e então o sacristão pareceu transformar-se em um novo homem. Empertigou-se, parou de lançar aquelas olhadelas desconfiadas por sobre os ombros, até mesmo riu, ou tentou. Dennistoun levantou-se para partir.

– Terei a honra de acompanhar *monsieur* até o hotel? – disse o sacristão.

– Oh, não, obrigado! Não dista nem 100 jardas. Conheço perfeitamente o caminho, e a Lua apareceu.

A proposta foi feita três ou quatro vezes e, em todas, recusada.

– Então *monsieur* irá me chamar quando... quando assim julgar oportuno; deverá ir pelo meio da estrada, pois as margens são muito acidentadas.

– Seguramente, seguramente – disse Dennistoun, louco para examinar sozinho a sua conquista. E avançou para o corredor com o livro debaixo do braço.

Lá, foi recebido pela filha do sacristão; ela, ao que parecia, cobiçava também fazer algum negócio por conta própria; talvez "tirar algum", tal como o Geazi bíblico, do forasteiro que o seu pai havia poupado.

– *Monsieur* faria a bondade de aceitar uma correntinha com crucifixo de prata?

Ora, Dennistoun de fato não tinha muito uso para tais objetos. Quanto *mademoiselle* queria por eles?

– Nada, nadinha de nada. *Monsieur* fique à vontade para aceitá-los.

O tom que se empregou nessa fala e em tudo o mais que se disse era inconfundivelmente genuíno, de modo que a Dennistoun restou agradecer copiosamente e deixar que a correntinha lhe fosse posta no pescoço. De fato, parecia que ele tinha prestado a pai e filha um serviço que estes não sabiam nem como retribuir. Quando ele se pôs em marcha com seu livro, os dois quedaram-se na porta a acompanhá-lo com o olhar e ainda o olhavam quando ele lhes acenou o último adeus de boa-noite dos degraus da estalagem do Chapeau Rouge.

Findo o jantar, Dennistoun enfurnou-se em seu quarto na companhia solitária da sua aquisição. A senhoria manifestara especial interesse em Dennistoun desde que ele lhe contara ter feito uma visita ao sacristão e ter dele adquirido um livro antigo. Acreditava também ter ouvido um diálogo pressuroso entre ela e o referido sacristão no alpendre da *salle à manger*; algumas palavras referentes a "e Bertrand vão dormir na casa" encerraram a conversação.

Durante todo esse tempo uma crescente sensação de desconforto ia tomando-o de assalto – uma reação nervosa após o deleite de sua descoberta, talvez. Fosse o que fosse, o resultado era a convicção de que havia alguém às suas costas, e que muito mais confortável se achava quando as tinha voltadas para a parede. Tudo isso, é claro, pouco pesava na balança que pendia em favor do óbvio valor da coleção que havia adquirido. E agora, conforme eu dizia, ele estava sozinho em seu quarto, reavaliando os tesouros do cônego Alberico, que a todo momento revelavam algo ainda mais fascinante.

– Bendito cônego Alberico! – disse Dennistoun, que tinha o inveterado costume de falar sozinho. – Pergunto-me onde estará ele agora. Misericórdia! Quem me dera a senhoria aprendesse a rir com mais alegria; é como se houvesse um morto na casa. Mais meia cachimbada, você disse? Acho que lhe concederei isto. Imagino que crucifixo é este que a jovem insistiu em me ofertar... É do século passado, suponho. Sim, é provável. Coisa muito aborrecida de ter ao pescoço, pesada demais. Deduzo que o seu pai o usou durante anos. Melhor seria dar-lhe uma limpadela antes de me desfazer dele.

Ele tirara o crucifixo do pescoço e o pusera na mesa, quando sua atenção foi capturada por um objeto sobre o pano vermelho logo ao lado do seu cotovelo esquerdo. Duas ou três ideias do que poderia ser aquilo voejaram por sua mente com incalculável rapidez.

Seria um limpa-penas? Não, não havia tal objeto na casa. Um rato? Não, era preto demais. Uma aranha enorme? Juro por Deus que não, não. Meu Senhor!... Era uma mão como aquela do desenho!

Em mais um átimo infinitesimal ele apreendeu suas formas. A pele pálida, enegrecida, cobria apenas os ossos e tendões de força espantosa; os pelos cerdosos encompridavam-se mais do que os que o concebível em mão humana; as unhas cresciam da ponta dos dedos e se recurvavam, pontiagudas, cinzentas, empedernidas e vincadas.

Ele pulou da cadeira com um terror mortal, inacreditável, a lhe oprimir o coração. Aquela entidade, cuja mão esquerda permanecia pousada na mesa, estava sobrelevando-se atrás do assento, com a mão direita entortada acima de sua cabeça. Um trapo andrajoso e pretejado a envolvia; a cabeleira cerdosa cobria-a tal como no desenho. A mandíbula era fina – como descrevê-la? –, rasa, como a de uma fera; os dentes se recuavam atrás de lábios negros; faltava-lhe nariz; os olhos – de um amarelo flamejante em contraste com pupilas negras e intensas –, bem como o ódio exultante e a sanha de destruição da vida que neles brilhavam, eram os traços mais amedrontadores de toda aquela visão. Neles havia algum tipo de inteligência: uma inteligência superior à da fera, inferior à do homem.

Os sentimentos que aquele horror despertou em Dennistoun foram o medo físico mais intenso e a ojeriza mental mais profunda. Que fez ele? Que poderia ele fazer? Ele nunca soube precisar que palavras proferiu, mas garante que falou; que agarrou, transido, o crucifixo de prata; que se apercebeu de uma investida que o Demônio fez em sua direção; e que berrou com a voz de um animal acometido de dor atroz.

Pierre e Bertrand, os dois criados atarracados que acorreram ao quarto, nada viram, mas foram arrojados para o lado por algo que passou entre eles; encontraram Dennistoun desfalecido. Velaram-no a noite toda; pelas nove da manhã seguinte os dois amigos de Dennistoun chegaram a Saint-Bertrand. Por essa hora ele próprio, embora ainda trêmulo e nervoso, estava quase recobrando acordo de si, e seu relato encontrou o crédito deles, não antes de terem visto o desenho e falado com o sacristão.

Perto da alvorada o homenzinho tinha ido à estalagem com algum pretexto e ouviu muito interessado a história circunstanciada pela senhoria. Não demonstrou surpresa nenhuma.

– É ele... é ele! Eu mesmo o vi – foi sua única observação; e a todas as perguntas só concedia uma única resposta:
– *Deux fois je l'ai vu: mille fois je l'ai senti*.[2]

Nada lhes informou sobre a proveniência do álbum, nada detalhou das experiências que viveu.

– Em breve adormecerei, e meu repouso será doce. Por que desejariam me perturbar? – dizia ele.[3]

Nunca saberemos o que ele ou o cônego Alberico de Mauléon sofreram. No verso daquele fatídico desenho havia algumas linhas que supostamente lançam alguma luz sobre a situação:

---

2 Duas vezes o vi: mil vezes o senti. [N.T.]
3 Ele morreu naquele verão; a filha casou-se e estabeleceu-se em Saint-Papoul. Ela nunca entendeu as circunstâncias da "obsessão" do pai. [N.A.]

Contradictio Salomonis cum demonio nocturno.
Albericus de Mauléone delineavit.
V. Deus in adiutorium. Ps. Qui habitat.
Sancte Bertrande, demoniorum effugator, intercede pro me miserrimo.
Primum uidi nocte 12(mi) Dec. 1694: uidebo mox ultimum.
Peccaui et passus sum, plura adhuc passurus. Dec. 29, 1701.[4]

Nunca pude compreender ao certo o que Dennistoun achou dos eventos que aqui narrei. Certa vez, citou-me uma passagem do Eclesiástico: "Há espíritos que foram criados para castigo e em seu furor reforçam seus flagelos". Em outra ocasião disse-me: "Isaías era um homem muito sensato; não é ele quem diz alguma coisa sobre monstros noturnos que habitam as ruínas da Babilônia? Tais coisas estão por ora além do nosso entendimento".

Outra confissão sua impressionou-me bastante, e dele me compadeci. Ano passado fomos a Comminges visitar o mausoléu do cônego Alberico. Trata-se de um grande monumento de mármore que tem uma efígie do cônego com enorme peruca e sotaina; abaixo, lê-se um elaborado panegírico da sua erudição. Vi Dennistoun conversar por

---

4 Ou seja,

"Disputa de Salomão com um demônio da noite.
Desenhado por Alberico de Mauléon.
Versículo. Apressa-te em meu auxílio, Senhor. Salmo (91). Aquele que habita.
São Beltrão, tu que afugentas os demônios, intercede por mim, este grande infeliz.
Vi-o pela primeira vez na noite de 12 de dez. de 1694: em breve o verei pela última vez. Pequei e sofri, e mais terei de sofrer. 29 de dez. de 1701."

A *Gallia Christiana* precisa a morte do cônego em 31 de dezembro de 1701, "na cama, de um mal súbito". Pormenores desse tipo não são comuns na grande obra dos Sammarthani. [N.A.]

um tempo com o vigário da igreja de Saint-Bertrand e, conforme nos afastávamos, ele me disse:

– Espero que não seja inadequado; você sabe que sou presbiteriano, mas eu... bem, creio ter encomendado "uma missa e cânticos fúnebres" para o descanso de Alberico de Mauléon.

Depois acrescento, com uma inflexão de inglês setentrional:

– Não fazia ideia de que fosse tão caro.

—

O álbum está depositado na coleção Wentworth em Cambridge. O desenho foi fotografado e depois queimado por Dennistoun no dia em que deixou Comminges na ocasião de sua primeira visita.

Uma jaula de
animais ferozes
Émile Zola

Título original
*Une Cage de
bêtes féroces* [1867]

Tradução
**Paulina Wacht e
Ari Roitman**

ÉMILE ZOLA (1840-1902) é consagrado como criador e representante máximo da escola do naturalismo literário, com atuação libertária na política (especialmente no conhecido caso Dreyfus). Se é sobretudo conhecido por romances como *Germinal* e *Nana*, ou a saga dos Rougon-Macquart, sua ficção, entretanto, foi bem mais multifacetada que sua biografia faz supor: uma produção rica e variada, que inclui narrativas breves e novelas, publicada em revistas e jornais da época. Um aspecto ainda menos conhecido dessa obra diversa é o de fantasista, como revela neste conto.

Uma jaula de animais ferozes foi publicado pela primeira vez no jornal *La Rue* em 31 de agosto de 1867, relançado posteriormente em antologias.

I

Certa manhã, um Leão e uma Hiena do Jardin des Plantes conseguiram abrir a porta da sua jaula, que fora fechada com negligência.

A manhã era branca, e um sol claro brilhava alegremente na borda do pálido céu. Fazia um frio penetrante sob os grandes castanheiros, o frio ameno da primavera nascente. Os dois dignos animais, que tinham acabado seu copioso desjejum, percorreram lentamente o Jardin, parando de vez em quando para se lamber e desfrutar o frescor daquela manhã, como todo mundo. Os dois haviam se encontrado no final de uma alameda e, após as cortesias de praxe, decidiram caminhar juntos, conversando como bons amigos. Pouco depois começaram a achar o Jardin enfadonho e muito pequeno. Então se perguntaram que outras distrações poderiam encontrar naquele dia.

– Sabe – disse o Leão –, eu gostaria muito de satisfazer um capricho que tenho há um bom tempo. Faz muitos anos que os homens vêm, feito uns imbecis, me olhar na minha jaula, e eu sempre me prometi aproveitar a primeira oportunidade que tivesse para ir olhá-los na deles, ainda que fosse parecer tão estúpido quanto eles... Vamos dar uma voltinha na jaula dos homens.

Naquele momento, Paris, que estava acordando, começou a rugir com tanta força que a Hiena estancou, escutando inquieta. O clamor da cidade se elevava surdo e ameaçador, e esse clamor, feito com o barulho do tráfego, os gritos da rua, as nossas lágrimas e os nossos risos, parecia constituído de urros furiosos e estertores de agonia.

– Meu Deus! – murmurou a Hiena –, com certeza eles se trucidam na sua jaula. Está ouvindo como choram, cheios de raiva?

– De fato – respondeu o Leão –, estão fazendo um tumulto horrível: algum domador deve estar atormentando-os.

O barulho aumentou, e a Hiena decididamente ficou assustada.

– Você acha mesmo que é prudente aventurar-se lá dentro? – perguntou ela.

– Ora! – disse o Leão –, eles não vão nos comer, que diabo! Vamos. Devem estar todos se mordendo para valer, isso vai nos fazer rir.

II

Já na rua, caminharam circunspectos ao longo das casas. Quando chegaram a um cruzamento, foram arrastados por uma enorme multidão. E se deixaram levar por essa força que prometia um espetáculo interessante.

Pouco depois, estavam numa vasta praça com muita gente aglomerada. No centro dela, havia uma espécie de estrado de madeira vermelha, e todos os olhos estavam concentrados ali, com uma expressão de avidez e de fruição.

– Olhe ali – sussurrou o Leão à Hiena –, na certa aquele estrado é uma mesa sobre a qual vão servir uma boa refeição para todas essas pessoas, que aliás já estão lambendo os beiços. Só que a mesa parece pequena.

Enquanto dizia essas palavras, a multidão fez um alarido de satisfação e o Leão afirmou que deviam ser os víveres que chegavam, ainda mais porque uma carruagem havia passado na sua frente a todo galope. Tiraram um homem do veículo, levaram-no para o estrado e cortaram sua cabeça com perícia; depois puseram o corpo em outra carruagem e o salvaram às pressas do apetite feroz da multidão que gritava, certamente de fome.

– Veja só, não o comem! – gritou o Leão, decepcionado. A Hiena sentiu um pequeno arrepio agitar seu pelo.
– Para o meio de que feras você me trouxe? – perguntou. – Matam sem ter fome... Pelo amor de Deus, vamos nos afastar logo dessa multidão.

III

Ao saírem da praça, enveredaram pelos bulevares externos e depois andaram lentamente ao longo do cais.

Chegando à Cité, viram uma casa baixa e comprida atrás da Notre-Dame onde os transeuntes entravam como se entra numa tenda de quermesse para ver algum fenômeno lá dentro e sair maravilhado. Não pagavam na entrada nem na saída. O Leão e a Hiena seguiram a multidão e, em cima de umas lajes grandes, viram cadáveres estendidos com o corpo todo esburacado de feridas. Os espectadores, mudos e curiosos, olhavam calmamente esses cadáveres.

– Ah!, é o que eu dizia! – murmurou a Hiena –, eles não matam para comer. Olhe como deixam os alimentos estragarem.

Andando de novo pela rua, passaram em frente a um açougue. A carne, pendurada em ganchos de aço, era muito vermelha; contra as paredes havia grandes pedaços de carne empilhados e o sangue escorria, formando pequenos sulcos nas placas de mármore. A loja inteira parecia sinistramente em chamas.

– Olhe só – disse o Leão –, você diz que eles não comem. Isso daria para alimentar a nossa colônia do Jardin des Plantes durante oito dias... Será que é carne de homem?

A Hiena, como eu já disse, havia se alimentado copiosamente.

– Argh! – disse ela, virando a cabeça –, é nojento. Ver toda essa carne me dá náuseas.

IV

– Você notou – prosseguiu a Hiena um pouco adiante – essas portas grossas e essas fechaduras enormes? Os homens colocam ferro e madeira entre eles para evitar o aborrecimento de se devorarem uns aos outros. E em cada esquina há pessoas com espadas para manter a ordem pública. Que animais selvagens!

Nesse momento, uma carruagem que passava atropelou uma criança e o sangue espirrou até a cara do Leão.

– Ah, que nojo! – gritou, limpando-se com a pata –, não se pode mais dar dois passos tranquilamente. Está chovendo sangue nesta jaula.

– Por Deus! – continuou a Hiena –, eles inventaram essas máquinas rodantes para obter o máximo de sangue possível, são como o lagar da sua vil colheita. Agora estou vendo, a cada passo, umas cavernas fétidas no fundo das quais os homens bebem uns copos enormes de um líquido avermelhado que não pode ser outra coisa senão sangue. E bebem muito desse líquido para ter coragem de matar, porque em várias dessas cavernas vi os bebedores se derrubando no chão a socos.

– Agora entendo – continuou o Leão – a necessidade do grande canal que atravessa a jaula. Lava as impurezas e arrasta todo o sangue derramado. Foram os homens que o trouxeram para cá, com medo da peste. Jogam nele as pessoas que assassinaram.

– Não vamos mais passar pelas pontes – interrompeu a Hiena, tremendo. – Você não está cansado? Talvez seja prudente voltarmos.

V

Não pude seguir todos os passos dos dois dignos animais. O Leão queria visitar tudo, e a Hiena, cujo pavor crescia a cada passo, se viu forçada a segui-lo porque não tinha coragem de voltar sozinha.

Passando diante do palácio da Bolsa de Valores, ela conseguiu, graças às suas fervorosas preces, que não entrassem. Saíam tais lamentos daquele antro, tais imprecações, que ela parou na porta, tremendo, com o pelo arrepiado.

– Venha, vamos depressa – dizia, tentando puxar o Leão –, com certeza é aqui o cenário do massacre generalizado. Não está ouvindo os gemidos das vítimas e os gritos de alegria furiosa dos carrascos? É um matadouro que deve abastecer todos os açougues do bairro. Por favor, vamos embora.

O Leão, já com medo e começando a meter o rabo entre as pernas, aceitou de bom grado. Ele só não fugia dali porque queria preservar sua reputação de corajoso. Mas, no fundo, se acusava de imprudência e pensava que os rugidos de Paris naquela manhã deveriam tê-lo dissuadido de entrar naquele zoológico selvagem.

Os dentes da Hiena batiam de medo enquanto os dois avançavam com cautela, procurando o caminho de volta para casa, sentindo a cada instante as garras dos transeuntes já em seus pescoços.

VI

E eis que, subitamente, se ouve um clamor surdo num dos cantos da jaula. As lojas fecham, o alarme se lamenta com uma voz ofegante e inquieta.

Grupos de homens armados tomam as ruas, arrancam o calçamento, erguendo barricadas às pressas. Os rugidos da cidade cessam; reina um silêncio pesado e sinistro. Os animais humanos se calam; rastejam ao longo das casas, prontos para atacar.

E logo depois atacam. A fuzilaria eclode, acompanhada pela voz grave do canhão. O sangue corre, os mortos caem de cara nos arroios, os feridos urram. Formam-se dois campos na jaula dos homens, e esses animais se divertem degolando-se em família.

Quando o Leão entende o que estava acontecendo:

– Meu Deus! – gritou –, livrai-nos desta confusão! Fui castigado por ter cedido à minha vontade boba de visitar esses carniceiros terríveis. Como são delicados os nossos costumes em comparação com os deles! Nós nunca comemos uns aos outros.

E dirigindo-se à Hiena:

– Depressa, vamos fugir – continuou. – Não podemos mais nos fazer de valentes. Confesso, estou congelado de pavor até os ossos. Temos de sair rapidamente deste lugar bárbaro.

Então fugiram envergonhados e temerosos. Sua corrida foi ficando cada vez mais furiosa e desenfreada, porque o medo chicoteava seus flancos e as lembranças terrificantes da jornada eram outras tantas esporas que precipitavam seus saltos.

Chegaram ao Jardin des Plantes já sem fôlego, olhando apavorados para trás.

Então respiraram fundo, foram correndo se aninhar numa jaula vazia e fecharam a porta com força. Lá dentro comemoraram efusivamente seu regresso.

– Ah! – disse o Leão –, nunca mais me farão sair da minha jaula para passear na jaula dos homens. Só existe possibilidade de paz e de felicidade no fundo desta cela doce e civilizada.

VII

Vendo a Hiena apalpando as grades da jaula, uma após a outra, o Leão perguntou:
— O que está olhando aí?
— Estou conferindo – respondeu a Hiena – se essas grades são fortes o suficiente para nos defender da ferocidade dos homens.

O Diabo e Tom Walker
Washington Irving

Título original
*The Devil and
Tom Walker* [1824]

Tradução
Ivone Benedetti

Na transição entre o universo cultural de uma colônia e o desabrochar de uma literatura plenamente nacional, nos Estados Unidos do início do século XVIII, diversos autores pioneiros trilharam os caminhos ambíguos do fantástico, mesmo do fantasioso, como foi o caso de WASHINGTON IRVING (1783-1859), contista, biógrafo, historiador e diplomata. Ficaria famoso por contos como *Rip Van Winkle* e *The Legend of Sleepy Hollow*, que exploram elementos góticos, alegóricos e fantásticos em uma ambientação pitoresca e totalmente ianque, construindo assim uma nova mitologia fantástica distante dos clichês góticos centrados nas "trevas" da Idade Média.

O conto *O Diabo e Tom Walker*, que segue essa lógica de ambientação na amplitude selvagem ao norte da jovem nação norte-americana, foi inicialmente publicado na coletânea *Tales of a Traveller* (1824), na seção *Money-Diggers* – algo como caçadores (ou exploradores) de tesouros (ou dinheiro) –, numa leitura muito particular do mito de Fausto no universo da colonização americana.

A POUCAS MILHAS DE BOSTON, EM MASSACHUSETTS, há um profundo braço de mar que serpeia por várias milhas terra adentro a partir de Charles Bay, terminando em um pântano ou atoleiro coberto por densa vegetação. De um lado desse braço de mar, há um belo arvoredo sombrio. No lado oposto, o terreno sobe abruptamente a partir da margem formando uma crista elevada sobre a qual se espalham alguns poucos carvalhos velhos e imensos. Embaixo de uma dessas árvores gigantescas, de acordo com velhas histórias, havia um grande tesouro enterrado por Kidd, o Pirata. O braço de mar facilitava o transporte secreto de dinheiro em botes, durante a noite, até o sopé da colina. A elevação do local possibilitava manter um bom posto de observação para verificar se não havia ninguém por perto, ao mesmo tempo que os notáveis carvalhos formavam um ótimo ponto de referência para que o lugar pudesse ser facilmente reencontrado. Além disso, as velhas histórias acrescentam que foi o Diabo que orientou a ocultação do dinheiro, assumindo a sua guarda. Mas isso, como se sabe muito bem, é o que ele sempre faz com tesouros enterrados, especialmente quando obtidos de maneira ilícita. Seja lá como for, Kidd jamais retornou para recuperar sua fortuna, pois pouco tempo depois foi capturado em Boston, enviado para a Inglaterra e enforcado por pirataria.

Por volta do ano 1727, bem na época em que na Nova Inglaterra grassavam terremotos que sacudiram vários pecadores notáveis, pondo-os de joelhos, vivia perto daquele lugar um sujeito magro e sovina que atendia pelo nome de Tom Walker. Tinha uma mulher tão sovina quanto ele. Eram tão sovinas que chegavam a armar trapaças um contra o outro. A mulher escondia dele tudo o que apanhava: a galinha podia até não cacarejar, mas ela estava de sobreaviso para garantir o ovo que acabava de ser posto. O marido estava sempre bisbilhotando tudo, em busca das provisões secretas da mulher, e foram muitas as brigas violentas em torno daquilo que deveria ser propriedade comum. Moravam numa casa isolada, de aspecto lúgubre, como de quem passa fome. Nas suas vizinhanças cresciam algumas sabinas esparsas, emblemas da esterilidade; nem fumaça saía da chaminé da casa, e nenhum viajante jamais parou à sua porta. Um cavalo esquálido, cujas costelas eram patentes como as barras de uma grelha, zanzava por um campo onde um fino tapete de musgo, que mal cobria o áspero chão de calhaus, lhe atormentava e frustrava a fome. Algumas vezes, o animal encostava a cabeça na cerca e olhava lastimosamente para os eventuais passantes, como se implorasse pela libertação daquela terra de penúria.

A casa e seus habitantes tinham má reputação. A mulher de Tom era uma megera alta, de temperamento feroz, fala gritada e braços fortes. Sua voz era ouvida com frequência nas guerras verbais com o marido, e o rosto dele às vezes exibia sinais de que os conflitos não ficavam apenas nas palavras. Ninguém ousava, contudo, interferir na vida do casal. O transeunte solitário, encolhendo-se diante do horror da gritaria e da pancadaria, observava de soslaio aquele covil de discórdia e acelerava o passo, regozijando-se, caso fosse solteiro, com seu celibato.

Num dia em que Tom Walker se afastou de sua vizinhança, ao voltar enveredou por um caminho do pântano que considerou ser um atalho para casa. Como ocorre com a maioria dos atalhos, aquela foi uma péssima escolha. O pântano tinha uma densa vegetação de cicutas e abetos altos e sombrios, alguns com mais de 90 pés de altura, o que o tornava escuro mesmo ao meio-dia e fazia dele um refúgio para todas as corujas da vizinhança. O terreno, onde abundavam buracos e atoleiros, era parcialmente coberto por ervas daninhas e musgo, de modo que a superfície verdejante muitas vezes traía o transeunte, arrojando-o num abismo sufocante de lama. Também havia lagoas estagnadas, onde moravam girinos, rãs-gigantes e cobras, e os troncos dos abetos e das cicutas jaziam semiafundados e semiputrefatos, parecendo crocodilos adormecidos no lamaçal.

Durante muito tempo, Tom foi escolhendo o caminho com toda a cautela, através daquela floresta traiçoeira, pulando de um tufo a outro de juncos ou raízes – precários apoios em meio ao charco abismal – ou então dando passos calculados, como um gato, ao longo dos troncos caídos, sendo vez por outra assustado pelos gritos súbitos do abetouro ou pelo grasnar de algum pato selvagem a levantar voo de alguma lagoa erma. Depois de um bom tempo, alcançou um trecho de chão firme que se projetava como uma península para o coração do pântano. O local fora uma das praças-fortes dos índios durante as guerras contra os primeiros colonizadores. Ali eles haviam construído uma espécie de fortaleza, que devem ter considerado quase inexpugnável e usaram como refúgio para mulheres e crianças. Nada restara do velho forte indígena além de uns poucos terraplenos que afundavam gradualmente até o nível do chão circundante e já eram em parte invadidos por carvalhos e outras árvores florestais, cujas folhagens contrastavam com o negro dos abetos e das cicutas do pântano.

O crepúsculo estava bastante avançado quando Tom Walker chegou ao velho forte e parou um pouco para descansar. Qualquer um que não fosse ele não estaria muito disposto a se demorar naquele local solitário e melancólico sobre o qual as pessoas em geral não tinham boa opinião, por causa das histórias que vinham sendo contadas desde os tempos das guerras dos índios: dizia-se que ali os índios faziam feitiçarias e realizavam sacrifícios para o espírito do mal.

Tom Walker, contudo, não era homem que se assustasse com temores dessa índole. Descansou por algum tempo no tronco de uma árvore caída, ouvindo o coaxar agourento da rã-das-moitas e esgaravatando com a bengala um monte de mofo preto aos seus pés. Revirando o solo sem pensar muito, percebeu que a bengala batera em algo duro. Raspou o mofo que lá havia e – olha só! – apareceu diante dele um crânio rachado, no qual um *tomahawk* estava profundamente fincado. As marcas de ferrugem na arma mostravam o tempo que se passara desde o momento do golpe mortal. Era uma lúgubre recordação das ferozes batalhas ocorridas naquele último reduto dos guerreiros indígenas.

– Hunf! – disse Tom Walker, dando um chute no crânio para sacudir a terra.

– Deixe a caveira em paz – disse uma voz roufenha.

Tom levantou os olhos e viu-se diante de um homenzarrão preto, sentado bem à sua frente, num coto de árvore. Sua surpresa foi imensa, pois não ouvira nem vira ninguém se aproximar, e mais perplexo ainda ficou ao observar – ao menos no que lhe permitia a penumbra crescente – que o estranho não era negro nem índio. É bem verdade que trajava, em parte, vestes indígenas rústicas e usava um cinturão ou faixa vermelha ao redor do corpo, mas o rosto não era negro nem acobreado, e sim escuro e encardido, emporcalhado de fuligem, como se fosse seu costume trabalhar com fogo e forjas. Seu cabelo era uma grenha negra e áspera que se projetava para todas as direções, e no ombro ele sustentava um machado.

Carrancudo, fitava Tom com um par de olhões vermelhos.

– O que faz em minhas terras? – disse o homem preto com voz rosnada e rouca.

– Suas terras! – disse Tom com ar de troça. – Elas são tão suas quanto minhas, pois pertencem ao diácono Peabody.

– O Diabo que carregue o diácono Peabody – disse o estranho –, como imagino que ocorrerá, se ele persistir em observar mais os pecados dos outros que os próprios pecados.

– Olhe, veja lá como vai o seu diácono Peabody.

Tom olhou na direção indicada pelo estranho e enxergou uma das grandes árvores, bela e florescente por fora, mas apodrecida no cerne; viu que ela estava quase inteiramente cortada, de modo que a primeira ventania provavelmente a derrubaria. Na casca da árvore estava gravado o nome do diácono Peabody, homem eminente, que ficara riquíssimo fazendo barganhas ardilosas com os índios. Olhou ao redor e descobriu que a maioria das árvores altas estava gravada com o nome de algum grande homem da colônia, todas lanhadas em maior ou menor grau pelo machado. O tronco no qual estava sentado, e que evidentemente acabara de ser cortado, trazia o nome de Crowninshield; e ele se recordou, então, de um sujeito assim chamado, homem poderoso, vulgar ostentador de uma riqueza que, dizia-se, fora amealhada com atividades bucaneiras.

– Está no ponto para ser queimado! – disse o homem preto com um uivo de triunfo. – Como vê, deverei ter um bom estoque de madeira para o inverno.

– Que direito você tem de abater a árvore de Peabody? – disse Tom.

– Meu direito é prioritário – disse o outro. – Esta floresta me pertencia muito antes de alguém de sua raça de cara pálida pôr os pés neste chão.

– Por favor, quem é você, se não for muita ousadia de minha parte perguntar? – questionou Tom.

– Ah, tenho muitos nomes. Sou o Caçador Selvagem em alguns países, o Mineiro Negro em outros. Nesta região, sou conhecido como o Lenhador Negro. Sou aquele a quem os peles-vermelhas consagraram este lugar e era em minha honra que eles, vez por outra, assavam um branco em sacrifícios deliciosamente aromáticos. Desde que os peles-vermelhas foram exterminados por vocês, brancos selvagens, divirto-me presidindo a perseguição a quacres e anabatistas. Sou o grande patrono e instigador dos mercadores de escravos e mentor das bruxas de Salem.

– A conclusão de tudo isso é, salvo engano, que você é aquele que se costuma chamar de Tinhoso – disse Tom com firmeza.

– O próprio, a seu dispor! – respondeu o homem preto com um aceno de vaga civilidade.

Esse foi o início da conversa entre os dois, de acordo com as velhas histórias. Contudo, a maneira como esse encontro foi descrito pode parecer trivial demais para ser crível. Seria possível imaginar que um encontro com tal personagem singular naquelas paragens bravias e ermas teria abalado os nervos de qualquer um. Mas Tom era um sujeito cético que não se assustava com facilidade, e convivera tantos anos com uma megera que não tinha medo nem do Diabo.

Conta-se que, após essa introdução, travaram longa e séria conversação enquanto Tom voltava para casa. O homem preto falou das grandes somas de dinheiro que Kidd, o Pirata, enterrara embaixo dos carvalhos na crista mais elevada, não longe do pântano. Tudo aquilo estava sob seu controle e protegido por seus poderes, de modo que só seria encontrado por alguém que lhe caísse nas graças. Assim, ofereceu a Tom a possibilidade de encontrar essa fortuna, já que sentia especial simpatia por ele. Mas isso aconteceria sob certas condições. Quais eram essas condições é coisa que se pode facilmente presumir, embora Tom nunca as tenha trazido a público. Devem ter sido duras, uma vez que Tom exigiu algum tempo para pensar, e ele não era homem de se apegar a ninharias quando o assunto era dinheiro. Chegados aos limites do pântano, o estranho fez uma pausa.

– Que provas tenho de que tudo isso que me contou é verdade? – perguntou Tom.

– Aqui está minha assinatura – disse o homem preto, pressionando o dedo na testa de Tom.

Depois disso, ele se virou e sumiu no meio do matagal do pântano, parecendo – conforme relatou Tom – descer, descer, descer para dentro da terra, até que só a cabeça e os ombros podiam ser vistos, e assim continuou até desaparecer totalmente.

Quando Tom chegou em casa, descobriu a marca negra de um dedo ferreteada, por assim dizer, em sua testa, coisa impossível de obliterar.

A primeira notícia que recebeu da esposa foi a morte súbita de Absalom Crowninshield, o rico bucaneiro. O anúncio fora publicado no jornal, com os usuais floreios: "Hoje tombou um grande homem em Israel".

Tom se lembrou da árvore que seu amigo preto acabara de abater, a que estava pronta para o fogo.

– Que o pirata fique bem-passado – disse Tom. – Que me importa!

Agora estava convencido de que tudo o que ouvira não fora ilusão.

Não era inclinado a trocar confidências com a esposa, mas tratava-se de um segredo tão inquietante que acabou por confidenciá-lo. Toda a ganância da mulher foi despertada pela menção ao ouro escondido, e ela instou o marido a aceitar os termos do homem preto, garantindo a posse daquilo que os faria ricos para toda a vida. Tom, por mais que estivesse disposto a vender-se para o Diabo, estava determinado a não o fazer para obsequiar a esposa. Assim, pura e simplesmente recusou, por mero espírito de contradição. Muitas e acerbas foram as brigas de ambos em torno do assunto, mas, quanto mais ela falava, mais decidido ficava Tom a não se danar para agradar-lhe.

Por fim, a mulher resolveu assumir pessoalmente a negociação e, se fosse bem-sucedida, ficar com todos os ganhos. Como era tão destemida quanto o marido, encaminhou-se para o velho forte indígena no final de um dia de verão. Ficou fora muitas horas. Quando retornou, estava reservada e taciturna nas respostas ao marido. Falou algo sobre um homem preto que encontrou no crepúsculo cortando uma árvore alta pela raiz. No entanto, ele estava mal-humorado e não quis fazer nenhum acordo. Ela voltaria, mas dessa vez levando uma oferenda propiciatória. Mas que oferenda seria, isso ela se abstinha de dizer.

Na noite seguinte, partiu para o pântano novamente com o avental carregadíssimo. Tom esperou, esperou seu retorno, mas em vão. Já era madrugada, e ela não apareceu: a manhã, a tarde e a noite retornaram, mas nem sinal da esposa. Tom agora se preocupava com a segurança dela, especialmente quando descobriu que no avental ela saíra carregando o bule e os talheres de prata, além de todos os objetos portáteis de valor. Mais uma noite se passou, mais uma manhã chegou, e nada da esposa. Em suma: nunca mais se ouviu falar dela.

Qual foi o destino real da mulher ninguém sabe, e, como consequência, muitos alegam que sabem. Trata-se de um desses fatos que, por serem tantos os historiadores, se tornaram confusos. Alguns afirmaram que ela se perdeu no labirinto emaranhado do pântano e afundou em algum buraco ou lodaçal; outros, menos caridosos, que ela fugiu com o butim da casa para outra província; enquanto um terceiro grupo presumiu que o Tentador a atraíra para um atoleiro abissal, à beira do qual seu chapéu foi encontrado. Como confirmação desta versão em particular, há testemunhos de que naquela mesma noite foi visto a sair do pântano um homenzarrão preto que levava um machado no ombro e uma trouxa amarrada num avental xadrez; seu ar era de feroz triunfo.

A história mais corrente e provável, contudo, relata que Tom Walker ficou tão preocupado com o destino da mulher e dos bens que por fim partiu para o forte indígena em busca destes e daquela. Durante toda uma longa tarde de verão, ele procurou por todo aquele local tenebroso, mas não encontrou esposa alguma. Gritou o nome dela inúmeras vezes, mas ela não se fez ouvir. Apenas o abetouro, gritando voo afora, respondeu à voz dele; ou então foi a rã-gigante que coaxou dolentemente numa lagoa próxima. Depois de algum tempo – conta-se –, na última hora do crepúsculo, quando as corujas começaram a chirriar e os morcegos a adejar, a atenção de Tom foi atraída pela grasnada de corvos que planavam em torno de um cipreste. Foi olhar e descobriu uma trouxa amarrada num avental xadrez, pendente de um dos galhos da árvore, com um enorme abutre empoleirado ao lado, como se vigiasse o objeto. Tom deu pulos de alegria, pois reconheceu o avental da esposa, que supunha conter os bens de valor da casa.

– Vou agarrar os bens – disse a consolar-se – e depois darei um jeito de viver sem a mulher.

Enquanto escalava a árvore, o abutre abriu as grandes asas e, grasnando, mergulhou nas sombras profundas da floresta. Tom agarrou o avental xadrez, mas – visão terrível! – só encontrou nele um coração e um fígado!

De acordo com as mais antigas e autênticas fontes históricas, aquilo era tudo o que restara da esposa de Tom Walker. É bem provável que ela tivesse tentado lidar com o homem preto como estava acostumada a lidar com o marido. Contudo, embora as mulheres rabugentas em geral sejam consideradas um bom páreo para o Demônio, nesse caso ela parece ter levado a pior. Mas decerto morreu lutando: conta-se que Tom notou muitas marcas profundas de cascos fendidos no chão, ao redor do cipreste, e encontrou punhados de cabelos que pareciam ter sido arrancados da grenha preta e áspera do lenhador. Por experiência própria, Tom conhecia muito bem a valentia da mulher. Deu de ombros, observando os sinais do feroz pega-pega, especialmente as marcas dos cascos. "Diacho", disse para si mesmo, "o Tinhoso deve ter passado poucas e boas com ela".

Com a perda da esposa Tom se consolou da perda dos bens, pois era homem de fibra. Sentiu até algo semelhante a gratidão pelo lenhador preto que, pensando bem, lhe fizera um favor. Tentou, portanto, estabelecer laços mais próximos com ele, porém sem sucesso durante algum tempo: o velho Pé-Cascudo estava bancando o difícil, pois, embora muita gente possa pensar o contrário, ele nem sempre aparece quando é chamado; sabe muito bem como jogar suas cartas quando o jogo está garantido.

Consta que, após alguns dias, quando a demora havia aguçado ao máximo a ansiedade de Tom e o predispusera a aceitar qualquer coisa, desde que não ficasse sem o tesouro prometido, ele encontrou o homem preto certa noite, trajando sua usual vestimenta de lenhador, carregando o machado no ombro, flanando pelo pântano e cantarolando. Fez de conta que ouviu com indiferença as propostas iniciais de Tom, deu respostas breves e continuou a cantarolar.

Gradualmente – conta-se –, Tom o levou a tratar do negócio, e assim os dois começaram a regatear os termos pelos quais Tom ficaria com o tesouro do pirata. Havia uma condição que nem precisa ser mencionada, por estar geralmente subentendida em todos os casos que implicam favores do Diabo. Mas havia outras que, embora de importância menor, o deixavam inflexível. Ele insistia em que o dinheiro encontrado por seu intermédio deveria ser empregado a seu serviço. Propôs, portanto, que Tom o investisse no tráfico de escravos, ou seja, ele deveria equipar um navio negreiro. Isso, contudo, Tom recusava de forma resoluta: tinha consciência de ser malvado, mas nem mesmo o Diabo podia tentá-lo a tornar-se traficante de escravos.

Percebendo os melindres de Tom nesse ponto, deixou de insistir e, em vez disso, propôs que Tom se tornasse usurário, pois o Diabo está sempre ansiando aumentar o número de usurários, que ele considera gente sua.

A isso não houve objeções: a ideia estava adequada às disposições de Tom.

– Você deve abrir uma agência de corretagem em Boston no mês que vem – disse o homem preto.

– Abro amanhã mesmo, se for seu desejo – respondeu Tom.

– Deve emprestar dinheiro com juros de 2% ao mês.

– Diacho, vou cobrar 4%! – disse Tom.

– Deve extorquir títulos ao portador, executar hipotecas, levar os comerciantes à falência...

– Vou mandar todos para o inferno – gritou Tom.

– Você é o sujeito ideal para desfrutar do meu dinheiro – disse o Pé-Cascudo com deleite. – Para quando quer a bolada?

– Esta noite mesmo.

– Feito! – disse o Diabo.

– Feito! – respondeu Tom Walker.

Apertaram-se as mãos e a barganha estava concluída.

Alguns dias depois, Tom foi visto sentado atrás de uma escrivaninha em um escritório de corretagem em Boston.

Logo se espalhou sua reputação de ter dinheiro pronto e de emprestá-lo em ótimas condições. Está na lembrança de todos na cidade a época do governador Belcher, em que o dinheiro era escasso. Era o tempo da letra de crédito. O estado havia sido inundado por títulos do governo e fora estabelecido o famoso banco territorial, alastrando-se a febre de especulação: as pessoas enlouqueceram com planos para novos assentamentos e a construção de cidades na vastidão selvagem. Corretores de imóveis chegavam munidos de cartas de concessão de distritos, verdadeiros Eldorados que ninguém sabia onde ficavam, mas todos estavam dispostos a comprar. Em suma, a forte febre especulativa que ocorre de vez em quando no país atingira uma intensidade alarmante, instigando sonhos de fortunas enormes, surgidas do nada. Como de costume, a febre baixara, os sonhos se esvaneceram e, com eles, as fortunas imaginárias. As vítimas dessa febre ficaram em terríveis apertos e em todo o país ressoava o grito de "tempos difíceis".

Foi nesse momento propício de infortúnio público que Tom Walker se estabeleceu como usurário em Boston. Às portas de seu negócio apinhavam-se clientes. Necessitados e aventureiros, especuladores ousados, negociantes de terras, comerciantes perdulários, mercadores sem crédito: em suma, todo aquele que era forçado a conseguir dinheiro por métodos desesperados, fazendo sacrifícios desesperados, apelava para Tom Walker.

Assim, ele se tornou algo como o companheiro universal de todos os necessitados, apresentando-se como um "amigo nos apuros", ou seja, sempre exigia boa recompensa, com segurança. A dureza das condições impostas era proporcional ao desespero do solicitante. Ele acumulou títulos ao portador e letras hipotecárias; gradualmente, ia espremendo seus devedores cada vez mais, até o momento em que os punha no olho da rua secos como esponjas.

Dessa forma, ganhou carradas de dinheiro. Tornou-se rico e poderoso e alçou seu chapéu tricórnio à Bolsa de Valores. Construiu, como é costume, uma casa imensa, por pura ostentação, mas deixou boa parte inacabada e não mobiliada, por pura sovinice. Equipou uma carruagem, para cúmulo da vanglória, embora quase deixasse mortos de fome os cavalos que a puxavam. E quem ouvisse as rodas gemer e esganiçar-se nos eixos não lubrificados acreditaria ouvir as almas dos pobres devedores que ele espremia.

À medida que envelhecia, porém, Tom foi ficando preocupado. Garantidas as boas coisas deste mundo, ele começou a ficar apreensivo com o que encontraria no outro. Pensava com arrependimento na barganha que realizara com seu amigo preto e pôs os miolos a funcionar para se safar das condições impostas. E foi assim que, de repente, virou um tremendo carola. Rezava em voz alta e com arroubo, como se o paraíso tivesse de ser conquistado com a força dos pulmões. De fato, pela gritaria de sua devoção dominical, qualquer um poderia dizer quando ele pecara mais durante a semana. Os cristãos discretos, que seguiam com modéstia e perseverança o caminho de Sião, enchiam-se de sentimento de culpa ao se verem subitamente ultrapassados na corrida por aquele recém-convertido. Em questões religiosas Tom era tão rígido quanto nas de dinheiro: era vigilante e censor severo do próximo e parecia acreditar que cada pecado lançado à conta do outro convertia-se em crédito no seu lado da folha. Chegou a aventar a hipótese de retomar a perseguição aos quacres e anabatistas. Em suma, o fervor de Tom tornou-se tão renomado como suas riquezas.

Mesmo assim, apesar de todo esse empenho com as formalidades, Tom era assombrado pelo pavor de que o Diabo, ao fim e ao cabo, viesse buscar o que lhe era devido. Por isso, para não ser pego desprevenido, conta-se que sempre carregava uma pequena Bíblia no bolso do casaco. Também mantinha uma grande Bíblia in-fólio na mesa do escritório, em cuja leitura ele era frequentemente surpreendido por quem fosse lá tratar de negócios. Nessas ocasiões, pousava os óculos verdes no livro, para marcar a página, enquanto mudava de assunto para lidar com alguma agiotagem.

Dizem alguns que Tom ficou um pouco maluco na velhice, e que, imaginando que seu fim se aproximava, pôs ferraduras, sela e arreios novos no cavalo e o enterrou com as patas para cima, porque acreditava que no último dia o mundo ficaria de cabeça para baixo, e, nesse caso, seu cavalo já estaria pronto para ser montado; estava determinado a, na pior das hipóteses, fazer seu velho amigo correr atrás dele. Isso tudo, entretanto, provavelmente não passa de histórias de velhas comadres. Se ele realmente tomou todas essas precauções, foi em vão; pelo menos é o que diz a antiga e autêntica lenda, que encerra o caso da seguinte maneira.

Numa daquelas tardes caniculares de verão, quando se aproximava um terrível vendaval, Tom tomou assento em seu gabinete com um chapéu de linho branco e um robe de seda da Índia. Estava para executar uma hipoteca com a qual completaria a ruína de um desafortunado especulador imobiliário por quem professara grande amizade. O pobre negociante de terras implorou mais alguns meses de tolerância. Tom ficou de péssimo humor e recusou-se, irritado, a dar mais um dia.

– Minha família será arruinada e acabaremos dependendo da caridade pública – disse o negociante de terras.

– A caridade começa em casa – replicou Tom. – Preciso tomar conta de mim mesmo nestes tempos difíceis.

– Mas você ganhou tanto dinheiro comigo – disse o especulador.

Tom perdeu tanto a paciência quanto a devoção e gritou:
– Que o Diabo me carregue se ganhei um tostão que fosse.

Exatamente nesse momento, três fortes batidas foram ouvidas na porta de entrada. Ele foi até lá para ver quem era. Um homem preto estava segurando um cavalo preto que relinchava e pateava com impaciência.

– Tom, vim buscá-lo – disse o homem preto rispidamente.

Tom recuou, mas era tarde demais. Deixara a Bíblia pequena no fundo do bolso do casaco, e a Bíblia maior estava na escrivaninha, soterrada debaixo dos papéis da hipoteca que ele estava para executar: nunca um pecador foi pego tão desprevenido. O homem preto pinchou Tom na sela como se fosse uma criança, deu uma chibatada no cavalo, e este saiu a galope carregando Tom em meio à tempestade e aos raios. Os escriturários puseram atrás da orelha as penas com que escreviam e foram às janelas observar a cena. Lá se ia Tom Walker em disparada pelas ruas, com o chapéu branco saltitando na cabeça, o robe esvoaçando na ventania, enquanto seu corcel arrancava fogo do calçamento a cada galope. Quando os escriturários se voltaram para ver onde estava o homem preto, ele tinha desaparecido.

Tom Walker nunca voltou para executar a hipoteca. Um camponês que vivia nos limites do pântano relatou que, no auge da tempestade, ouviu um tropel forte e muitos gritos ao longo da estrada, e que, ao correr para a janela, avistou uma figura como a que descrevi, num cavalo que, galopando como louco pelos campos e por sobre as colinas, entrou no pântano escuro e cheio de cicutas, indo na direção do forte indígena; e que, logo depois, um raio que caiu por aqueles lados pareceu incendiar toda a floresta.

O bom povo de Boston meneou a cabeça e deu de ombros, mas já estava tão acostumado com bruxas, duendes e truques do Diabo, em todas as suas formas e tipos, desde os primeiros assentamentos coloniais que não se horrorizou como seria de esperar. Dos bens de Tom encarregaram-se alguns curadores nomeados. Não havia nada, contudo, para administrar. Ao se abrirem os cofres, descobriu-se que todos os seus títulos e hipotecas estavam carbonizados. Em vez de ouro e prata, o que havia em sua arca de ferro eram lascas e aparas. Dois esqueletos jaziam nos estábulos, em lugar dos cavalos quase mortos de fome, e no dia seguinte o casarão foi consumido pelas chamas.

Esse foi o fim de Tom Walker e de sua fortuna obtida por meios ilícitos. Que esta história cale fundo no coração dos usurários ávidos. A verdade dela não pode ser posta em dúvida. Até o buraco debaixo dos carvalhos, de onde ele escavou o dinheiro de Kidd, pode ser visto ainda nos dias de hoje, e as cercanias do pântano e do velho forte indígena são frequentemente assombradas nas noites de tempestade por uma figura a cavalo, de robe e chapéu branco, que sem dúvida é a alma penada do usurário. De fato, a história foi sintetizada por um provérbio, origem de um dito popular bastante comum na Nova Inglaterra: "O Diabo e Tom Walker".

Tal é o teor – ao menos no que consegui relembrar – do que me foi narrado por um baleeiro do Cabo Cod. Omiti alguns detalhes pouco importantes, que nos permitiram matar o tempo de maneira agradável pela manhã, até que, passada a maré favorável à pesca, nos propusemos aportar e descansar sob o frescor das árvores até que o forte calor do meio-dia arrefecesse.

Assim, aportamos numa região bastante aprazível da ilha de Manhattan, naquele trecho umbroso e verdejante, antigo domínio da família Hardenbrooks. Tratava-se de um local que eu conhecera bem durante as expedições aquáticas de minha meninice. Bem próximo de onde desembarcamos, na lateral de uma ribanceira, havia uma velha cripta, de uma família de holandeses, que fora objeto de grande temor e fonte de histórias entre meus colegas de escola. Tínhamos ido espiar lá dentro, durante uma de nossas viagens pela costa, e ficáramos espantados com a visão dos caixões apodrecidos e dos bolorentos esqueletos que eles continham. Mas o que despertou o mais terrível interesse, a nosso ver, foi o fato de que tudo aquilo poderia estar ligado de alguma forma aos destroços do navio pirata que apodreciam nas rochas de Hell-Gate. Também havia histórias de contrabando, especialmente as relativas à época em que aquele rincão isolado pertencera a um notável burguês conhecido como Ready Money Provost, homem que, segundo se murmurava, tinha misteriosos negócios além-mar. Todos esses fatos, contudo, acabaram se embaralhando em nossa mente, da maneira vaga como tais temas se associam nas histórias da infância.

Enquanto eu estava meditando sobre tais assuntos, meus companheiros tinham espalhado, debaixo de um amplo castanheiro e sobre a relva que se estendia até a margem, uma refeição tirada de nossa canastra bem abastecida. Ficamos ali reparando as forças naquele fresco tapete herboso durante as horas quentes e ensolaradas do início de tarde. Refestelado na grama, entregue àquele tipo de devaneio contemplativo de que tanto gosto, evoquei as obscuras lembranças de minha infância a respeito daquele local e as repeti como vestígios imperfeitamente lembrados de um sonho, para divertimento de meus companheiros. Quando terminei, um digno e idoso burguês, John Josse Vandermoere – o mesmo que me contara as aventuras de Dolph Heyliger –, quebrou o silêncio e observou que se lembrava de uma história de caça ao tesouro ocorrida exatamente naquelas redondezas que poderia explicar algumas das tradições de que eu ouvira falar na infância. Como sabíamos que ele era um dos narradores mais dignos de crédito da província, pedimos-lhe que nos pusesse a par dos pormenores, e assim, enquanto nos deleitávamos a fumar um longo cachimbo do melhor tabaco de Blasc Moore, o autorizado John Josse Vandermoere contou-nos uma história.

O arame farpado
Horacio Quiroga

Título original
El Alambre de púa [1917]

Tradução
Tamara Sender

HORACIO QUIROGA (1878-1937), contista, dramaturgo e poeta uruguaio, é dono de um estilo inconfundível e influente – entre o naturalismo e a narrativa de horror – que inspirou prosadores mais inclinados à ironia e à brutalidade, como o argentino Roberto Arlt. Também há algo nessa natureza temível construída em seus relatos que lembra, como um eco distante e premonitório, os filmes de Werner Herzog. Essa natureza impiedosa e cruel, que frequentemente reflete a própria existência humana em Quiroga, impõe uma necessária perturbação ao leitor. Teve a vida pontuada por tragédias, mortes, acidentes, culminando no próprio suicídio, aos 58 anos de idade.

O arame farpado foi publicado na coletânea *Cuentos de amor, de locura y de muerte* (1917).

DURANTE QUINZE DIAS, O ALAZÃO HAVIA PROCURADO em vão a trilha por onde seu companheiro escapara do potreiro. O temível cerco, de capoeira – terreno desmatado que rebrotou inextricável –, não permitia a passagem nem mesmo da cabeça do cavalo. Evidentemente, não era por ali que o malacara passava.

Agora percorria de novo a chácara, trotando inquieto com a cabeça alerta. Das profundezas da mata, o malacara respondia aos relinchos vibrantes de seu companheiro com os seus, breves e rápidos, em que havia sem dúvida uma promessa fraternal de comida abundante. O mais irritante para o alazão era que o malacara reaparecia duas ou três vezes por dia para beber. Então o alazão prometia a si mesmo não abandonar seu companheiro por um instante sequer, e, com efeito, durante algumas horas, a parelha pastava em admirável tranquilidade. Mas de repente o malacara, com sua corda se arrastando, embrenhava-se no chircal, e quando o alazão, ao se dar conta de sua solidão, se lançava a persegui-lo, encontrava a mata inextricável. Aí sim, de dentro, ainda muito próximo, o maligno malacara respondia a seus desesperados relinchos com um relinchinho confiante.

Até que naquela manhã o velho alazão encontrou a brecha muito claramente: cruzando pela frente o chircal, que a partir da mata avançava 50 metros no campo, viu uma vaga trilha que o conduziu em perfeita linha oblíqua à mata. Ali estava o malacara, desfolhando árvores.

A coisa era muito simples: o malacara, cruzando o chircal um dia, havia encontrado a brecha aberta na mata por uma árvore de incenso arrancada. Repetiu seu avanço através do chircal, até conhecer perfeitamente a entrada do túnel. Então usou o velho caminho que ele e o alazão haviam formado ao longo da linha da mata. E aqui estava a causa do transtorno do alazão: a entrada da trilha formava uma linha extremamente oblíqua com o caminho dos cavalos, de modo que o alazão, acostumado a percorrê-la de sul a norte e jamais de norte a sul, não teria jamais encontrado a brecha.

Num instante se uniu a seu companheiro, e juntos então, sem outra preocupação a não ser a de aparar desajeitadamente as palmeiras jovens, os dois cavalos decidiram afastar-se do malfadado potreiro que já conheciam de cor.

A mata, extremamente rala, permitia um fácil avanço, mesmo para cavalos. Na verdade, não restava do bosque nada além de uma faixa de 200 metros de largura. Atrás dele, uma capoeira de dois anos se empenachava de tabaco selvagem. O velho alazão, que em sua juventude havia perambulado por capoeiras até viver perdido nelas durante seis meses, dirigiu a marcha, e em meia hora os tabacos mais próximos ficaram despidos de folhas até onde alcança um pescoço de cavalo.

Caminhando, comendo, fuçando, o alazão e o malacara cruzaram a capoeira até que um alambrado os deteve.

– Um alambrado – disse o alazão.

– Sim, alambrado – assentiu o malacara. E ambos, pesando a cabeça sobre o fio superior, contemplaram atentamente. De lá se viam um prado alto com um velho roçado, branco pela geada, um bananal e uma plantação nova. Tudo pouco tentador, sem dúvida, mas os cavalos compreendiam o que estavam vendo, e um atrás do outro seguiram o alambrado à direita.

Dois minutos depois transpassaram o alambrado: uma árvore, seca no pé por causa do fogo, havia caído sobre os fios. Atravessaram a brancura do pasto gelado em que seus passos não soavam e, margeando o avermelhado bananal, queimado pelo gelo, viram então de perto o que eram aquelas plantas novas.

– É grama – constatou o malacara, fazendo tremer os lábios a meio centímetro das folhas coriáceas. A decepção pode ter sido grande, mas os cavalos, embora gulosos, desejavam sobretudo passear. De modo que, cortando obliquamente o gramado, prosseguiram seu caminho, até que um novo alambrado conteve a parelha. Contornaram-no com tranquilidade grave e paciente, chegando assim a uma paliçada, que para seu êxtase estava aberta, e os passantes se viram de repente em pleno caminho real.

No entanto, para os cavalos, aquilo que acabavam de fazer tinha todo o aspecto de uma proeza. Do potreiro enfadonho à liberdade presente, havia infinita distância. Por infinita que fosse, os cavalos ainda pretendiam prolongá-la, e assim, depois de terem observado com preguiçosa atenção os arredores, retiraram-se mutuamente a caspa do pescoço, e em mansa felicidade prosseguiram sua aventura.

O dia realmente favorecia tal estado de alma. A bruma matinal de Misiones acabava de se dissipar por completo, e, sob o céu subitamente puro, a paisagem brilhava de esplendorosa claridade. Da colina, cujo topo os dois cavalos ocupavam naquele momento, o caminho de terra vermelha cortava o pasto diante deles com precisão admirável, descia ao vale branco de capim gelado, para tornar a subir até a mata distante. O vento, muito frio, cristalizava ainda mais a claridade da manhã de ouro, e os cavalos, que sentiam o sol de frente, quase horizontal ainda, semicerravam os olhos ao venturoso deslumbramento.

Seguiam assim, sozinhos e gloriosos de liberdade no caminho fulgurante de luz, até que, ao dobrar um canto da mata, viram nas margens do caminho certa extensão de um verde inusitado. Pasto? Sem dúvida. Mas em pleno inverno...

E, com as narinas dilatadas de gula, os cavalos se aproximaram do alambrado. Sim, pasto fino, pasto admirável! E entrariam eles, os cavalos, livres!

É preciso advertir que, desde essa alvorada, o alazão e o malacara tinham a si mesmos no mais alto conceito. Nem paliçada, nem alambrado, nem mata, nem terreno desmatado, nada era obstáculo para eles. Haviam visto coisas extraordinárias, superando dificuldades incríveis, e se sentiam fortes, orgulhosos, e prontos a tomar a decisão mais extravagante que lhes pudesse ocorrer.

Nesse estado de entusiasmo, viram a 100 metros deles várias vacas paradas nas margens do caminho e, andando até lá, chegaram à paliçada, fechada com cinco estacas robustas. As vacas estavam imóveis, olhando fixamente o verde paraíso inalcançável.

– Por que não entram? – perguntou o alazão às vacas.

– Porque não pode – responderam.

– Nós passamos por todos os lugares – afirmou o alazão, altivo. – Faz um mês que passamos por todos os lugares.

Com o fulgor de sua aventura, os cavalos haviam realmente perdido a noção do tempo. As vacas nem se dignaram olhar os intrusos.

– Os cavalos não conseguem – disse uma novilha movediça. – Dizem isso e não passam por lugar nenhum. Nós sim passamos por todos os lugares.

– Eles têm corda – acrescentou uma velha mãe sem virar a cabeça.

– Eu não, eu não tenho corda! – respondeu vivamente o alazão. – Eu vivia nas capoeiras e passava.

– Sim, atrás de nós! Nós passamos e vocês não conseguem.

A novilha movediça interveio de novo:

– O patrão disse outro dia: dá para conter os cavalos com um só fio. E então?... Vocês não passam?

– Não, não passamos – retrucou simplesmente o malacara, convencido pela evidência.

– Nós, vacas, passamos, sim!

Ao honrado malacara, no entanto, ocorreu de súbito que as vacas, atrevidas e astutas, impenitentes invasoras de chácaras e do Código Rural, tampouco passavam pela paliçada.

– Essa paliçada é ruim – objetou a velha mãe. – Ele sim! Atravessa as estacas com os chifres!

– Quem? – perguntou o alazão.

Todas as vacas viraram a cabeça para ele com espanto.

– O touro, Barigüí! Ele é mais forte que os alambrados ruins!

– Alambrados?... Ele passa?

– Todos! Arame farpado também! Nós passamos depois.

Os dois cavalos, já de volta à sua pacífica condição de animais que um só fio contém, sentiram-se ingenuamente deslumbrados por aquele herói capaz de enfrentar o arame farpado, a coisa mais terrível que o desejo de passar adiante pode encontrar.

De repente, as vacas se deslocaram mansamente: num passo lento chegava o touro. E diante daquela fronte arrebitada e obstinada, que se dirigia em tranquila linha reta à paliçada, os cavalos compreenderam humildemente sua inferioridade.

As vacas se afastaram, e Barigüí, passando a testa sob uma tranca, tentou fazê-la correr para um lado.

Os cavalos levantaram as orelhas, admirados, mas a tranca não correu. Uma depois da outra, o touro testou sem resultado seu esforço inteligente: o chacareiro, dono feliz da plantação de aveia, havia prendido as estacas com cunhas na tarde anterior.

O touro não tentou mais. Voltando-se com preguiça, farejou à distância, semicerrando os olhos, e contornou logo o alambrado, com abafados mugidos sibilantes.

Da paliçada, os cavalos e as vacas olhavam. Em determinado ponto, o touro passou os chifres sob o arame farpado, esticando-o violentamente para cima com a testa, e a enorme besta passou arqueando o lombo. Em mais quatro passos estava no meio da aveia, e as vacas se encaminharam então para lá, tentando por sua vez passar. Mas evidentemente faltava às vacas a determinação masculina de permitir sangrentos arranhões na pele, e, mal introduziam o pescoço, logo o retiravam com vertiginoso cabeceio.

Os cavalos continuavam olhando.

– Não passam – observou o malacara.

– O touro passou – retrucou o alazão. – Ele come muito.

E a parelha se dirigia por sua vez a contornar o alambrado pela força do hábito, quando um mugido, claro e berrante agora, chegou até eles: dentro do campo de aveia, o touro, com cabriolas de falso ataque, bradava diante do chacareiro, que tentava alcançá-lo com uma estaca.

– Demônio!... Vou te dar um pega... – gritava o homem. Barigüí, sempre dançando e urrando diante do homem, esquivava-se dos golpes. Manobraram assim por 50 metros, até que o chacareiro conseguiu forçar a besta contra o alambrado. Mas o touro, com a determinação pesada e bruta de sua força, afundou a cabeça entre os fios e passou, sob um agudo violineio de arames e de grampos lançados a 20 metros.

Os cavalos viram o homem voltando precipitadamente a seu rancho, e tornando a sair com o rosto pálido. Viram também que saltava o alambrado e se encaminhava na direção deles, e então os companheiros, diante daquele passo que avançava decidido, retrocederam pelo caminho em direção à sua chácara.

Como os cavalos marchavam docilmente poucos passos à frente do homem, conseguiram chegar juntos à chácara do dono do touro, e assim lhes foi possível ouvir a conversa.

É claro, pelo que se depreendeu da conversa, que o homem havia sofrido o indizível com o touro do polaco.

Plantações, por mais inacessíveis que estivessem dentro da mata; alambrados, por maior que fosse sua tensão e infinito o número de fios: tudo foi atropelado pelo touro com seus hábitos de pilhagem. Deduz-se também que os vizinhos estavam fartos da besta e de seu dono pelas incessantes destruições que o touro causava. Mas como os habitantes da região dificilmente denunciam ao Juizado de Paz prejuízos causados por animais, por mais duros que lhes sejam, o touro prosseguia comendo em toda parte, menos na chácara de seu dono, o qual, por outro lado, parecia se divertir muito com isso.

Desse modo, os cavalos viram e ouviram o irritado chacareiro e o polaco astuto.

– É a última vez, dom Zaninski, que venho vê-lo por causa do seu touro! Ele acaba de pisotear toda a minha aveia. Não dá mais!

O polaco, alto e de olhinhos azuis, falava com extraordinário e meloso falsete.

– Ah, touro mau! Eu não pode! Eu amarra, ele escapa! Vaca tem culpa! Touro segue vaca!

– Eu não tenho vacas, o senhor bem sabe!

– Não, não! Vaca Ramírez! Eu fica louco, touro!

– E o pior é que ele afrouxa todos os fios, o senhor sabe também!

– Sim, sim, arame! Ah, eu não sabe!...

– Veja bem, dom Zaninski: eu não quero problemas com vizinhos, mas pela última vez tenha cuidado com seu touro para que não entre pelo alambrado dos fundos; no caminho vou pôr arame novo.

– Touro passa por caminho! Não fundos!

– É que agora não vai passar pelo caminho.

– Passa, touro! Não farpa, não nada! Passa tudo!

– Não vai passar.

– O que o senhor põe?

– Arame farpado... mas não vai passar.
– Não faz nada a farpa!
– Bom, faça o possível para que não entre, porque se ele passar vai se arrepender.

O chacareiro foi embora. É evidente, como antes, que o maligno polaco, rindo mais uma vez das graças do animal, convenceu, se é que isso era possível, seu vizinho, que ia construir um alambrado intransponível por seu touro. Certamente esfregou as mãos:

– Mim não poderão dizer nada desta vez se touro comer toda a aveia!

Os cavalos retomaram o caminho que os afastava de sua chácara, e um instante depois chegavam ao lugar em que Barigüí havia realizado sua façanha. A besta ainda estava ali, imóvel no meio do caminho, olhando havia um quarto de hora, com solene vacuidade de ideia, um ponto fixo da distância. Atrás dele, as vacas dormitavam ao sol já quente, ruminando.

Mas, quando os pobres cavalos passaram pelo caminho, elas abriram os olhos desdenhosas:

– São os cavalos. Queriam passar pelo alambrado. E estão com corda.
– Barigüí, sim, passou!
– Para conter os cavalos, basta um fio.
– São fracos.

Isso pareceu ferir em cheio o alazão, que virou a cabeça:

– Nós não estamos fracos. Vocês, sim, estão. Não vai mais passar aqui – acrescentou, apontando os arames caídos, obra de Barigüí.

– Barigüí passa sempre! Depois passamos nós. Vocês não passam.

– Não vai mais passar. O homem disse.
– Ele comeu a aveia do homem. Nós passamos depois.

O cavalo, por maior intimidade de trato, é sensivelmente mais afeito ao homem que a vaca. Daí que o malacara e o alazão tiveram fé no alambrado que o homem ia construir.

A parelha prosseguiu seu caminho, e momentos depois, diante do campo livre que se abria à frente deles, os dois cavalos baixaram a cabeça para comer, esquecendo-se das vacas.

Já tarde, quando o sol acabava de se esconder, os dois cavalos se lembraram do milho e empreenderam o regresso. Viram no caminho o chacareiro, que trocava todos os postes de seu alambrado, e um homem louro que, parado ao lado dele a cavalo, o olhava trabalhar.

– Estou dizendo que ele vai passar – dizia o viajante.

– Não passará duas vezes – replicava o chacareiro.

– O senhor verá! Isso é um jogo para o maldito touro do polaco! Ele vai passar!

– Não passará duas vezes – repetia obstinadamente o outro.

Os cavalos seguiram, ouvindo ainda palavras cortadas:

– ... rir!

– ... veremos.

Dois minutos mais tarde, o homem louro passava a seu lado num trote inglês. O malacara e o alazão, algo surpresos por aquele passo que não conheciam, viram perder-se no vale o homem apressado.

– Curioso! – observou o malacara depois de longo momento. – O cavalo vai a trote e o homem a galope.

Prosseguiram. Ocupavam naquele instante o topo da colina, como naquela manhã. Sobre o céu pálido e frio, suas silhuetas se destacavam em preto, em mansa e cabisbaixa parelha, o malacara na frente, o alazão atrás. A atmosfera, ofuscada durante o dia pela excessiva luz do sol, adquiria àquela hora crepuscular uma transparência quase fúnebre. O vento havia cessado por completo, e com a calma do entardecer, em que o termômetro começava a cair velozmente, o vale gelado expandia sua penetrante umidade, que se condensava em rastreante neblina no fundo sombrio das vertentes. Revivia, na terra já esfriada, o cheiro invernal de pasto queimado; e, quando o caminho margeava a mata, o ambiente, que de súbito se sentia mais frio e úmido, se tornava excessivamente pesado de perfume de flor de laranjeira.

Os cavalos entraram pelo portão de sua chácara, e em seguida o garoto, que fazia soar a caixinha de milho, ouviu seu tremular ansioso. O velho alazão obteve a honra de que lhe coubesse a iniciativa da aventura, vendo-se gratificado com uma corda, para o caso do que pudesse acontecer.

Mas na manhã seguinte, já bastante tarde por causa da densa neblina, os cavalos repetiram sua fuga, atravessando outra vez o tabacal selvagem, pisando com mudos passos o prado gelado, atravessando a paliçada ainda aberta.

A manhã fulgurante de sol, já muito alto, reverberava de luz, e o calor excessivo prometia mudança de tempo para muito breve. Depois de terem transposto a colina, os cavalos viram de repente as vacas detidas no caminho, e a lembrança da tarde anterior excitou suas orelhas e seu passo: queriam ver como era o novo alambrado.

Mas sua decepção, ao chegarem, foi grande. Nos postes novos – obscuros e torcidos – havia dois simples arames farpados, grossos talvez, mas apenas dois.

Apesar de sua mesquinha audácia, a vida constante em chácaras tinha dado aos cavalos certa experiência em cercados. Observaram atentamente aquilo, especialmente os postes.

– São de madeira de lei – observou o malacara.

– Sim, cernes queimados.

E, depois de outra longa examinada, constatou:

– O fio passa pelo meio, não há grampos.
– Estão muito próximos um do outro.
Próximos, os postes, sim, indubitavelmente: 3 metros. Mas, ao contrário, aqueles dois modestos arames, em substituição aos cinco fios do cercado anterior, desiludiram os cavalos. Como era possível que o homem acreditasse que aquele alambrado para bezerros ia conter o terrível touro?

– O homem disse que não ia passar – atreveu-se, no entanto, o malacara, que, por ser o favorito de seu dono, comia mais milho, e por isso se sentia mais crédulo.

Mas as vacas o haviam escutado.

– São os cavalos. Os dois têm corda. Eles não passam. Barigüí já passou.

– Passou? Por aqui? – perguntou, desanimado, o malacara.

– Pelos fundos. Por aqui passa também. Comeu a aveia.

Nesse ínterim, a novilha loquaz havia pretendido passar os chifres entre os fios; e uma vibração aguda, seguida de um golpe seco nos chifres, deixou em suspenso os cavalos.

– Os arames estão muito esticados – disse o alazão depois de longo exame.

– Sim. Mais esticados, impossível...

E ambos, sem tirarem os olhos dos fios, pensavam confusamente em como se poderia passar entre os dois fios.

As vacas, enquanto isso, incentivavam umas às outras.

– Ele passou ontem. Passa pelo arame farpado. Nós depois.

– Ontem não passaram. As vacas dizem sim e não passam – ouviram o alazão.

– Aqui há farpa, e Barigüí passa! Está vindo ali!

Contornando por dentro a mata dos fundos, ainda a 200 metros, o touro avançava em direção ao campo de aveia. As vacas se puseram todas de frente para o cercado, seguindo atentas com os olhos a besta invasora. Os cavalos, imóveis, ergueram as orelhas.

– Come toda a aveia! Depois passa!

– Os fios estão muito esticados... – observou ainda o malacara, sempre tentando especificar o que aconteceria se...

– Comeu a aveia! O homem está vindo! Está vindo o homem! – lançou a novilha loquaz.

Com efeito, o homem acabava de sair do rancho e avançava em direção ao touro. Trazia a estaca na mão, mas não parecia furioso; estava, sim, muito sério e com o cenho contraído.

O animal esperou que o homem chegasse diante dele e então deu início aos mugidos com bravatas de chifradas. O homem avançou mais, e o touro começou a recuar, urrando sempre e arrasando a aveia com suas bestiais cabriolas. Até que, já a 10 metros do caminho, voltou atrás com um último mugido de desafio zombeteiro e se lançou sobre o alambrado.

– Barigüí está vindo! Ele passa por tudo! Passa pelo arame farpado! – clamavam as vacas.

Com o impulso de seu pesado trote, o enorme touro baixou a cabeça e afundou os chifres entre os dois fios. Ouviu-se um agudo gemido de arame, um estridente chiado que se propagou de poste a poste até os fundos, e o touro passou.

Mas de seu lombo e de seu ventre, profundamente abertos, sulcados desde o peito até a anca, choviam rios de sangue. A besta, presa de estupor, ficou um instante atônita e tremendo. Afastou-se logo sem se deter, inundando o pasto de sangue, até que, 20 metros adiante, desabou com um rouco suspiro.

Ao meio-dia o polaco foi buscar seu touro e chorou em falsete diante do chacareiro impassível. O animal havia se levantado, e podia caminhar. Mas seu dono, compreendendo que lhe daria muito trabalho curá-lo – se é que isso ainda era possível –, carneou-o naquela tarde, e no dia seguinte coube por azar ao malacara levar à sua casa, na garupa, 2 quilos de carne do touro morto.

A paz
Leonid Andrêiev

Título original
Покой **[1911]**

Tradução
Paula Costa Vaz de Almeida

Alguns autores possuem biografias curiosamente semelhantes a personagens da ficção; esse é o caso de LEONID ANDRÊIEV (1871-1919), cuja vida plena de episódios de miséria e de lances dramáticos, como um suicídio não consumado, parece extraída dos romances da poderosa tradição realista russa. Seus contos, novelas e peças de teatro, nesse sentido, abordam temas espinhosos (como as atrocidades e os males da guerra) dentro de uma atmosfera de horror e espanto, tanto causados pela percepção de um mal bastante humano como pela consciência do vazio como ameaça e possibilidade metafísica.

O conto *A paz* foi publicado pela primeira vez no número 122 da revista *Russkoe Slovo*, em 29 de maio de 1911, tendo sido escrito no dia 23 de abril do mesmo ano, conforme atesta uma carta de Górki a Leonid Andrêiev.

UM IMPORTANTE E VELHO DIGNITÁRIO, GRÃO-SENHOR amante da vida, estava morrendo. Para ele, morrer era difícil: não acreditava em Deus, não compreendia por que estava morrendo e estava completamente aterrorizado. Era terrível olhar para ele e ver como sofria.

A vida do dignitário moribundo tinha sido grandiosa, rica e interessante, seu coração e sua mente nunca ficaram vazios e sempre desfrutaram suas satisfações. Mas haviam se cansado, esgotara-se o vivente inteiro, o corpo silenciosamente esfriava. Os olhos cansaram-se, saciados de ver as mais belas visões; os ouvidos cansaram-se de ouvir, e a própria alegria tornou-se pesada para o fatigado coração. Enquanto ainda estava de pé, considerava a morte com certa satisfação: um descanso, afinal – pensava ele; acabariam os abraços, as honrarias e as voltas com os relatórios – imaginava com certo prazer. Sim, imaginava... mas depois que caíra no leito de morte aquilo tornou-se algo terrivelmente doloroso e aterrador.

Queria viver um pouco mais, ainda que só até a próxima segunda-feira, ou melhor, até quarta ou quinta. Mas não sabia com precisão o verdadeiro dia de sua morte, embora sejam apenas sete os dias da semana: domingo, segunda, terça, quarta, quinta, sexta-feira e sábado.

E foi justamente nesse dia desconhecido que apareceu para o dignitário um diabo, um diabo ordinário, como muitos. Ele entrou na casa disfarçado de sacerdote, com incenso e velas, mas ao falecido ele apareceu em toda a sua santa verdade. O dignitário logo intuiu que o Diabo não estava ali por acaso, e animou-se: já que o Diabo existe, então a morte não é real e algum tipo de imortalidade há de existir. Em último caso, se não há imortalidade, pode ser possível prorrogar a vida vendendo a alma em condições favoráveis. Isso era óbvio, diante do medo, claro.

Mas o Diabo trazia um ar de enfado e desgosto, não entabulou conversa de imediato e olhava de um modo aborrecido e azedo, como se tivesse errado o endereço. Isso preocupou o dignitário, que depressa convidou o Diabo a sentar-se; mas, já sentado, o Diabo continuou a olhar do mesmo modo, azedo e calado.

"Eis como são", pensou o dignitário, examinando lentamente o estranho, mais que forasteiro, rosto do visitante. "Mas que aparência repugnante, meu Deus! Acho que nem lá embaixo ele deve parecer bonito."

E disse em voz alta:

– Eu imaginava você diferente.

– O quê? – perguntou com enfado o Diabo, fazendo uma careta azeda.

– Imaginava você diferente.

– Bobagem.

Todos lhe diziam isso ao conhecê-lo, e lhe aborrecia ouvir sempre a mesma coisa. O dignitário pensou: "Não posso oferecer-lhe chá ou vinho, pois com essa boca ele nem poderia beber".

– Bom, você já está morto... – começou o Diabo, indiferente e entediado.

– Não é possível! – disse, indignado e assustado, o dignitário. – Eu não morri coisa nenhuma.

– Vá dizer isso a outro – resmungou, indiferente, o Diabo, e prosseguiu. – Bom, você já está morto... o que fazemos agora? É uma coisa séria, é uma questão que precisa ser resolvida.

– Mas como é possível que eu já tenha morrido? – perguntou, apavorado, o dignitário. – Pois veja, nós estamos... conversando.

– E por acaso, quando vai viajar, você já cai logo dentro do trem? Você primeiro espera na estação.

– Então quer dizer que esta é a estação?

– Pois sim.

– Entendo, entendo. Quer dizer, então, que já nem sou mais eu. E onde estou eu, ou seja, meu corpo?

O Diabo abanou a cabeça vagamente:

– Não está longe. Agora já estão lavando-o com água morna.

O oficial sentiu-se envergonhado; lembrou-se das dobras gordas e feias em seu ventre e sentiu-se ainda mais envergonhado. Lembrou, ainda, que são as mulheres as encarregadas de lavar os mortos.

– Que costume estúpido – disse o dignitário, irritado.

– Bom, isso é problema seu, eu não tenho nada a ver com isso. E, entretanto, pedi que você fosse direto ao ponto, o tempo é curto. Você já está apodrecendo.

– Em que sentido? – gelou o dignitário. – No... no sentido vulgar?

– Pois sim. E em que sentido seria? – imitou-o com sarcasmo o Diabo. – Desculpe-me, estou farto de suas questões. Queira, por obséquio, escutar com atenção o que tenho a lhe dizer, pois não vou repetir.

E com termos maçantes, em uma voz monótona, cansado de repetir aquilo de que, pelo visto, já estava mais que farto, o Diabo expôs o seguinte. Para o velho e importante dignitário recém-falecido, havia duas possibilidades: ou passar à morte definitiva ou para uma vida especial, um tanto estranha e mesmo duvidosa – conforme queira e escolha. Se escolhesse a primeira – a morte –, para ele viria o nada eterno, o silêncio, o vazio...

"Senhor, pois é justamente o horror que eu tanto temia", pensou o dignitário.

– A paz perpétua... – prosseguiu o Diabo, olhando com certa curiosidade para o teto desconhecido. – Você vai desaparecer sem deixar rastros, sua existência se encerrará de uma vez por todas, você não vai nunca mais falar, pensar, sentir, experimentar a dor ou a alegria, nunca mais pronunciará "eu", você desaparecerá, se extinguirá, terminará; entenda, você será convertido em nada...

– Não, não, não quero! – gritou o dignitário.

– Entretanto, é a paz – sentenciou o Diabo. – Isso, sabe, é algo que vale a pena. Uma paz tamanha que é impossível ser imaginada, por mais que se tente.

– Não quero a paz – disse decididamente o dignitário, enquanto o cansaço no coração morto ecoava súplicas mortas: "Escolha a paz, a paz, a paz".

O Diabo encolheu os ombros peludos e prosseguiu exausto, como um vendedor de uma loja de roupas ao término de um dia de negociações produtivas:

– Mas, por outro lado, eu lhe ofereço a vida eterna...

– Eterna?

– Pois sim. No inferno. É claro que não era isso, em absoluto, o que você gostaria, mas ainda é uma vida. Você terá algum entretenimento, encontros interessantes, conversas... e, o principal, você conservará para todo o sempre o seu "eu". Você viverá eternamente.

– E eu sofrerei? – perguntou, desconfiado, o homem.

– Mas o que é o sofrimento? – fez uma careta de desgosto o Diabo. – Parece algo terrível, até que as pessoas se habituam. E devo notar que, se reclamam de algo, é justamente do hábito.

– E tem muita gente lá?

O Diabo olhou de lado:

– Sim. E reclamam da rotina. Nesse terreno, recentemente tivemos um grande protesto: exigiam novos suplícios. E o que faziam? Gritavam: "Isso é rotina! Isso é trivial!"...

– Que horror. Estúpidos! – disse o dignitário.

– Sim, mas vá dizer isso a eles. Por sorte, nosso mestre...

O Diabo levantou-se solenemente e fez um gesto servil; e que gesto. Em todo caso, o dignitário o acompanhou.

– Nosso mestre sugeriu aos pecadores: "Por favor, castiguem-se vocês mesmos. Por favor!".

– Uma autogestão, por assim dizer – interveio o dignitário com ironia.

O Diabo sentou-se e sorriu:

– Agora são eles que inventam. E sabe do que mais, meu querido? Você precisa se decidir.

O dignitário ponderou e, já tomando o Diabo como um irmão, mesmo diante daquela face nefasta, perguntou hesitante:

– E o que você recomendaria?

O Diabo franziu a testa:

– Não, isso é com você. Não gosto nada de dar conselhos.

– Então, não quero ir para o inferno!

– Sem problemas. Basta assinar.

O Diabo colocou diante do dignitário um pedaço de papel muito sujo, que parecia mais um lenço de nariz do que um documento importante.

– Aqui – apontou com sua garra. – Não, não, aí não, só se quiser ir para o inferno. Para a morte, é aqui.

O dignitário pegou a pena e com um suspiro a devolveu.

– Para você é fácil – disse em tom de reprovação. – E quanto a mim? Diga, por favor, o que vocês mais usam nos castigos? O fogo?

– Sim, o fogo – respondeu com indiferença o Diabo. – E nós temos festas.

– Não me diga! – alegrou-se o dignitário.

– Sim. Aos domingos, folga completa; aos sábados – continuou o Diabo, bocejando – as sessões vão das dez ao meio-dia.

– Ora, ora. E no Natal, como é?...

– No Natal e na Páscoa, três dias livres, sim, e um mês de férias de verão.

– Minha nossa! – entusiasmou-se o dignitário. – Até que é humano. Por isso eu não esperava! Mas, diga, na realidade, aquilo é mau, mesmo, assim, como se diz, mau, mau?

O Diabo olhou fixamente para o dignitário e disse:

– Bobagem.

O dignitário ficou envergonhado; o Diabo também sentiu certo embaraço, suspirando até notar seus olhos turvarem. De um modo geral, via-se ou que ele não tinha dormido muito bem ou que tudo aquilo o enfadava até a morte: dignitários moribundos, o nada, a vida eterna. Nos pelos da perna esquerda, acumulara-se uma lama seca.

"De onde vem isso?", pensou o dignitário. "É indolente até para se limpar."

– Então é o nada... – disse, pensativo, o homem.

– O nada – como um eco, sem abrir os olhos, reagiu o Diabo.

– Ou a vida eterna...

– Ou a vida eterna.

O morto pensou demoradamente. No cômodo vizinho, terminavam os serviços fúnebres em sua honra, e ele ainda pensava. E quem via no leito seu rosto extraordinariamente sério e severo jamais imaginaria os estranhos sonhos que habitavam aquele crânio frio. Tampouco viam o Diabo. No ar, o aroma do último incenso queimado misturava-se ao cheiro de velas consumidas e de alguma outra coisa.

– A vida eterna – repetiu, meditativo, o Diabo, sem abrir os olhos. – Sempre me recomendam que eu explique melhor o que significa a vida eterna; acham que eu não me expresso com clareza suficiente; mas será que esses idiotas podem compreender?

– Isso é sobre mim? – perguntou, esperançoso, o dignitário.

– É, de um modo geral. Meu negócio é pequeno, mas quando se olha para o todo...

O Diabo abanou a cabeça com tristeza. O dignitário, em sinal de solidariedade, também balançou a cabeça e disse:

– Você também não parece satisfeito, e se eu, por outro lado...

– Peço-lhe que não se meta em minha vida pessoal – irrompeu o Diabo – e, no mais, por favor, qual de nós é o Diabo: você ou eu? Eu pergunto, você responde: vida ou morte?

Mas o dignitário continuava pensando e ainda não podia decidir. E, ou porque seu cérebro decompunha-se a cada segundo ou devido à sua natureza débil, ele tornou a inclinar-se para o lado da vida eterna. "E que sofrimento?", pensou ele. "Já não foi uma vida inteira de sofrimento? – mas como é bom viver. Não são os sofrimentos que aterrorizam, o terrível é, provavelmente, o fato de o coração não suportá-los. O coração não os suporta e pede paz, paz, paz..."

Nesse momento, já estava sendo conduzido ao cemitério. E, naquele instante, o funeral se detinha nas portas do departamento no qual havia servido a vida inteira. Chovia, e todos estavam com seus guarda-chuvas abertos, a água escorria pelos guarda-chuvas e regava o asfalto. O asfalto cintilava e as poças eriçavam-se, ventava e chovia.

"Mas o coração não suporta também a alegria", pensou o dignitário, já pendendo para o lado do nada, "ele está cansado das alegrias e pede paz, paz, paz. Eu estou com o coração apertado, talvez ele seja muito estreito, mas eu estou apenas cansado, ah, como estou cansado". Ele se lembrou de um caso recente. Isso foi antes da doença. Recebera visitas ilustres, alegres e amigáveis. Todos riam muito, e especialmente ele, que ria quase até às lágrimas. E prestes a pensar de si: "Como sou feliz", de repente desejou ficar sozinho. E não no gabinete, não no quarto, mas no lugar mais escondido, então, escondeu-se naquele lugar para onde vão apenas os que necessitam, escondeu-se como um garotinho que foge do castigo. E ele passou alguns minutos nesse lugar escondido quase sem respirar de tanto cansaço, entregando-se de corpo e alma à morte, comungando com ela de tal modo sombrio, como se cala apenas no caixão.

– Vamos, é preciso apressar-se – disse o Diabo taciturnamente. – Rápido, é o fim.

Teria sido melhor ele não ter dito esta palavra: fim. O dignitário já estava pronto a entregar-se à morte, mas, diante dessas palavras, a vida agitou-se, e gritava, exigindo continuação. E assim tudo se tornou confuso, tão impossível de escolher que o dignitário confiou no destino.

– Posso assinar de olhos fechados? – perguntou timidamente ao Diabo.

O Diabo lançou-lhe um olhar malicioso, abanou a cabeça e disse:

– Bobagem.

Mas, talvez porque estivesse cansado de interagir, pensou, resmungou e de novo colocou diante do dignitário o pedaço de papel amassado que parecia mais um lenço de nariz do que um documento importante. O dignitário pegou a pena, chacoalhou a tinta uma vez, outra, fechou os olhos, apalpou com o dedo o lugar e... no último segundo, quando já tinha começado a riscar, não resistiu e abriu um olho. Gritou, atirou a pena longe:

– Oh, o que fui fazer!

Como um eco, respondeu-lhe o Diabo:

– Oh!

Suspiraram também as paredes e o teto, e começaram a cair, sussurrando. E o Diabo gargalhou, sumindo. E, quanto mais ele sumia, mais sua gargalhada se espalhava; ao se perder a distinguibilidade, desencadeou-se o terror.

A essa altura, o dignitário já estava sendo enterrado. Torrões molhados, pegajosos, despencavam sobre a tampa, e parecia que o caixão estava completamente vazio, que nele não havia nada, nem mesmo o falecido, tão amplo e ressonante era o sonido.

Pavor
João do Rio

[1911]

JOÃO DO RIO (1881-1921) foi um autor fundamental, de produção multifacetada – jornalista, cronista, tradutor e dramaturgo –, que ultrapassou os limites do *demi-monde* cultural carioca na virada do século XIX para o XX com sua prosa fluida, que traduzia de forma universal a alma da nascente metrópole brasileira, encarnada no Rio de Janeiro. Foi o primeiro autor brasileiro a mesclar os caminhos da ficção e do jornalismo em um todo narrativo complexo, sedutor. Amado por essa cidade que retratou com cores tão vivas, consta que 100 mil pessoas participaram de seu cortejo fúnebre.

O conto *Pavor*, entretanto, foi publicado em um jornal paulista com o qual João do Rio colaborava, *O Comércio de São Paulo*, em 12 de novembro de 1911, e posteriormente inserido na coletânea *Rosário da ilusão* (1921).

SOPROU A LUZ. DEITOU-SE. CHEGARA AO QUARTO, SE bem que fatigado, ainda mais excitado. Não há quem não tenha as suas noites de aguçados nervos, de caminhadas pelas ruas, apressado e sem destino. Tivera uma dessas noites e de chuva, molhada por constante, contínua, alagadora chuva. Eram três horas da manhã. Estava exausto e no auge da excitação vaga. Chegou, despiu-se, soprou a luz, deitou-se, cerrou os olhos, apertou as mãos, fazendo esforços para não pensar e dormir imediatamente. Vibravam-lhe os nervos, tinha a boca amarga, o lábio seco. A passeata perdida sob a chuva entristecera-o, enchera-o de uma dor inquieta, de um receio indeciso. E estava ali, querendo dormir, só dormir, senão dormir.

O quarto estreito e pequeno com a janela abrindo para um pátio era no primeiro andar de uma imensa casa de cômodos do Catete – quarto pequeno, quase corredor, no lance posterior do prédio. A janela por onde entrava o ar defrontava com a janela de outro quarto. Olhando-se para cima, com certo esforço, via-se o céu. E não se podia dar conta do que faziam embaixo, porque havia uma coberta de vidro fosco a tapar os olhos, bem rente do peitoril das janelas... Fora ser o habitante daquele cômodo com o firme propósito de lá não parar dois dias. Estava lá, já passavam dois meses. E, deitado, com os olhos fechados, ia pensando de novo todas essas coisas sabidas e repensadas. O cérebro não descansa.

– Horrível toca!

Virou-se, procurou aconchegar-se às coberturas na cama dura, voltou a cabeça, descerrou lentamente os olhos e, sem ter disso desejo, foi abrindo as mãos e ficou assim, os sentidos fluidificados, olhando a treva. A treva tem várias cores, desde que a ela se habitua a retina. De negrura absoluta, vai num tênue palor ao esbranquiçamento sudarizante. Parece de pelo de rato transparente e além do poder de transformar os objetos tem a força misteriosa de alargar, de dissolver, de acabar com as medidas tornando-as vagas e indefinidas. Quem pode ter a sensação do tamanho exato de um quarto em treva? A treva age de tal modo que quase nunca é possível uma noção justa.

Ele ia a descansar no relaxamento dos nervos. Já o ambiente lívido e o distante rumor da rua não eram sentidos na modorra, já o seu ser vivia no estado hipnagógico que precede o sono. Quando, súbito, uma sacudidela brusca de nervos, com uma contração galvânica, trouxe-o à vida mergulhando-o no terror. Precisamente patas felinas andavam pelo corredor, deslizavam, corriam, entravam no seu quarto, remexiam nos papéis da mesa. Voltou-se completamente com o ouvido direito na travesseira, segurando, trêmulo, a colcha. O ruído, surdo, escorregadio e leve, continuou. Parecia um animal resolvido a brincar na escuridão da alcova. Então, abrindo muito os olhos como para se apossar da treva, pôs os pés fora da colcha, atirou com a perna, silvando baixo.

– Passa fora!

A perna deu na sua cadeira de balanço. No soalho ressoavam os balanços, a princípio apressados, depois a pouco e pouco morrendo. Mas o ruído, os outros ruídos continuaram. Outros ruídos porque eram dois, dividiam-se com uma sutil maciez.

– Passa fora! – repetiu mais surdo.

Na sua mente passavam a galope várias explicações do ruído. O gato da pensão? O Manoel, criado da casa de cômodos? O gato já teria fugido. O Manoel responderia. E de resto estavam no seu quarto. Indagou.

– És tu, Manoel?

Deslizantes e rápidos, os ruídos continuaram. O seu armário estalou como se o abrissem. Isso lhe deu coragem.

– Fala, homem! Não me faças levantar! – Não. Não era

o Manoel. Seriam ratos. Grandes ratazanas, poah! e baratas... Que horror! Mas o barulho da cadeira balançando no soalho tê-los-ia espantado. Não era o gato, não era o Manoel, não eram nem ratos nem baratas. De repente uma ideia atravessou-lhe o cérebro, rápida, violenta, como um espigão de aço ardente. Deixara a porta aberta. A porta do seu quarto estava aberta! E, bruscamente, como se qualquer coisa no ambiente o enfraquecesse, uma coisa inexplicável, incompreensível, sentiu a garganta presa, o suor nas têmporas.

– Quem está aí?

As palavras saíram-lhe a custo, um terror vago se osmogava no seu organismo. E ninguém respondia. Então puxou a colcha, encolheu os joelhos, abriu muito os olhos, sentindo, ouvindo com uma acuidade subitânea os vagos rumores. Eram ladrões... Sim. Eram. Ele ouvia estatelado, à espera de uma horrível desgraça, o drama impalpável da sombra. E imaginava a cada ruído. Não era um aliás, eram muitos, eram diversos, todos deslizantes, mas sutis e rápidos, ou graves, espaçados. Havia alguns quentes, que pisavam no corredor sem receio, outros que lhe abriam gavetas e pegavam em papel de jornal e saíam, voltavam, tornavam a sair, iam, vinham incessantes. De uma vez abalaram-lhe a gaveta da cômoda. Sentiu os estalos intervalados da madeira que cede. Depois, o mesmo papel pegado, depois passos que se apagavam no corredor, que se sumiam, como se tivessem deslizado e sumido pelas gretas betuminadas do assoalho. Sim. Estava sendo roubado por gente forte que o ia matar. Não lhe escutavam a voz, não o impediam de gritar. Eram indiferentes e superiores. Um grande medo vago, surdo, doloroso correu-lhe nas veias, esfriou-lhe o sangue das artérias, apertou-lhe as amídalas, pôs-lhe na testa um suor de gelo. Estava sendo roubado. Estava sendo roubado por assassinos, que fariam morrer se resistisse. Deus!

Eram muitos, eram macabros, eram satânicos. Andavam, moviam-se, passavam rentes à cama, afastavam-se, uns sempre sutis a correr, num escarninho brinco, outros em chinelas, outros de sapatos de corda, outros deslizantes. E olhavam-no a ele que, perdido e só, não os podia ver, por mais que a treva se dilatasse e a luz negra da noite pelo buraco do pátio esfumasse opacamente as bandeiras da janela. Que seria? Como acabaria aquilo? Qualquer coisa que tinha de acontecer e ainda não viera desvairava-o. Sentia a hiperestesia epidérmica dos olhos alheios que sobre si se fixavam. Era olhado. Ali, só, na cama, olhado e conhecido por um bando de olhos que o viam, que o possuíam, que o inibiam de um movimento. E tremia, os queixos batiam como se gelasse na alcova, a pele tinha dores vagas, os cabelos pareciam-lhe um capacete que se despegasse do crânio e a garganta seca estava como presa entre dois dedos, dois enormes dedos, que o iam torcendo com o prazer de sentir a tortura convulsa do corpo.

Com as mãos entre os joelhos e os joelhos no ventre, ele olhava, sentindo a máscara de suor, que lhe ia da testa ao queixo, escorrer, pondo arrepios pelo pescoço abaixo. E naquela posição, olhos arregalados, comendo a treva, queria ver, queria avaliar na negrura da treva o espaço do quarto para escapar, para salvar-se.

Os ladrões, apesar de nada ter de valor, continuavam a roubá-lo, a mover-se. O drama invisível da treva continuava o mesmo. Então sentiu no estômago um espasmo de dor aguda. O sangue afluiu ao parietal, latejou como se o quisesse rebentar. Não podia mais. Não! Vagarosa e sutilmente, para enganar os que o olhavam e pelas câimbras nas falanges, ergueu devagar o braço, aconchegou a mão por trás da orelha. Não a pôde tirar de lá. Ouvia nitidamente todos os rumores mais, mais claros no galope do seu próprio sangue, que batia nas pontas dos dedos, pulsava

no parietal, borbotava na carótida, e dentro do peito abria
e fechava vertiginosamente o seu coração. O pavor prendia-o, o medo quebrava-lhe os músculos, o terror alastrava-o, abria-lhe os olhos para lhe dar a alucinação de julgar
ter sobre si os olhos dos invisíveis assassinos – todo o corpo
como fulgurantizado de ardores cruéis de olhos, nas rótulas placas viscosas como olhos arrancados às orbitas, no
ectimoide, na fronte, ligando num estrabismo do seu olhar
outro olhar enigmático e terrível... E não acabava mais. A
casa parecia abandonada, de todo morta. Nem uma luz
aparecia. Ninguém acordava. Da rua não vinha mais rumor
algum. Só aqueles misteriosos seres continuavam e igual
continuava o mesmo estalar da madeira, o ruído de pisadas
graves, de passos ligeiros, interminavelmente – como se o
quisessem matar de pavor no sudário cor de lama da treva...
As câimbras continuavam. Mas uma vontade de livrar-se,
vontade furiosa e apavorada, fazia-o ter esperanças. Lembrou-se de repente. Ao lado, na mesa de cabeceira, junto
ao castiçal, havia uma caixa de fósforos. Acenderia um? E
depois? Depois? Era agarrá-la e acabar, acabar com aquilo
ou morto ou salvo – porque não podia mais, não, não, não
era possível... Outra vez, num esforço a que punha entraves
o endurecimento do braço, quase sem respirar, sentindo
mais na face abrasada o suor se liquefazer, ergueu a mão.
A mão deslizou, tateou, apalpou crispadamente, intencionalmente o criado-mudo, subiu, pela madeira, colou-se ao
mármore, esperou, abriu os dedos, garrou a caixa, ficou
lá. Ele ouvia. As corridinhas céleres diminuíam. Houve
embaixo o reboar da grande porta que fechavam, estremecendo o prédio inteiro. Eles teriam saído ou entrava alguém? Talvez tivessem saído. Aguçou o ouvido. O ruído era
agora como de um só. E estava junto da cômoda, porque
a cômoda estalava. Então puxou o braço num movimento
instantâneo, fechou os olhos, abriu-os para a treva que

se fazia baça, deu um grito louco, miado, sacudiu os braços na fúria de quem se defende de um ataque horrível. E querendo salvar-se, querendo viver, querendo acabar, querendo saber o mal que o envolvia, deu um salto direto para o bico do gás, riscou o fósforo, riscou um, riscou dois, riscou três, com o queixo a bater, inteiramente perdido, paroxismado, acendeu.

De um jato a luz amarela do gás engoliu toda a treva. Olhou, morto de cansaço e medo. A porta do quarto, aberta, deixava ver a negrura do corredor. Tudo estava tranquilo. Sobre as vidraças foscas, que junto a sua janela serviam de teto ao pátio embaixo, as gotas da chuva que amainara continuavam sussurrantes, misteriosas, caindo das telhas sobre os vidros escorrendo, vivendo. E no largo espelho do lavatório a figura d'Ele refletia-se com os braços presos ao braço do gás, a face molhada de suor, os olhos injetados, as orelhas roxas, a camisa desabotoada, lívido, mortalmente lívido, com um sorriso idiota a repuxar-lhe os lábios no gozo do pavor morto...

A mulher no espelho –
Uma reflexão
Virginia Woolf

Título original
***The Lady in the
Looking Glass*** [1929]

Tradução
Fábio Bonillo

Romancista, ensaísta, editora, VIRGINIA WOOLF (1882-1941) foi uma das figuras mais destacadas da renovação modernista na prosa, promovida nas primeiras décadas do século XX. Figura influente no círculo de intelectuais conhecido como Grupo de Bloomsbury (do qual faziam parte, entre outros, E. M. Forster, Lytton Strachey e John Maynard Keynes), inaugurou e/ou aperfeiçoou instrumentos narrativos que se tornaram universais na prosa contemporânea, especialmente o fluxo da consciência, em romances de grande impacto como *Mrs Dalloway* (1925), *Ao farol* (1927) e *Orlando* (1928). Dona de uma personalidade instável, vítima de numerosas crises depressivas, Virginia Woolf cometeu suicídio por afogamento.

A extraordinária narrativa breve *A mulher no espelho – uma reflexão* foi publicada pela primeira vez na revista *Harper's* de dezembro de 1929, sendo posteriormente incluída em diversas coletâneas.

AS PESSOAS NÃO DEVIAM DEIXAR ESPELHOS PENDU-
rados pelos cômodos, assim como não devem deixar à vista
seus talões de cheque ou cartas em que confessam algum
crime hediondo. Foi impossível deixar de olhar, naquela
tarde de verão, o espelho comprido que pendia no vestíbulo. O acaso assim o quis. Das profundezas do sofá da
sala de estar podia-se ver refletida no espelho italiano não
apenas a mesa com tampo de mármore ali em frente, mas
uma nesga do jardim mais além. Podia-se ver um longo
caminho relvado que se estendia por entre encostas de
flores altas até que a moldura dourada, cortando um ângulo, o seccionava.

A casa estava vazia, e quem se sentasse ali, se estivesse
sozinho na sala de estar, sentia-se como um daqueles na-
turalistas que, cobertos de grama e folhas, põem-se de
bruços a espreitar o movimento livre dos animais mais
assustadiços – texugos, lontras, martins-pescadores –,
guardando distância. Naquela tarde o cômodo se achava
cheio de tais criaturas assustadiças, luzes e sombras, cortinas a ondear, pétalas a cair – coisas que, ao que parece,
nunca acontecem quando há alguém a observar. A velha
sala de campo, silenciosa, com seus tapetes e consolos de
lareira de pedra, suas estantes de livros bambas e seus
armários de laca vermelha e dourada, estava cheia de tais
criaturas noturnas. Elas vinham piruetando pelo chão, pisando delicadamente com passos suspensos e caudas abertas, debicando com bicos alusivos como garças ou bandos
de elegantes flamingos cuja cor rosa houvesse esmaecido
ou pavões cuja cauda tivesse veios de prata. E havia ful-
gores e negrumes também, como se uma sépia tivesse de
repente tingido o ar de púrpura; e o cômodo tinha suas
paixões e cóleras e invejas e pesares, que o dominavam e
o agitavam, como se se tratasse de um ser humano. Nada
permanecia igual por mais de dois segundos.

De fora, no entanto, o espelho refletia a mesa do vestíbulo, os girassóis, o trecho do jardim com tamanha exatidão e fixidez que eles pareciam estar ali em sua realidade inescapável. Era um estranho contraste: cá toda a alternância, lá toda a quietude. Era impossível deixar de olhar de cá para lá. Enquanto isso, estando todas as portas e janelas escancaradas por causa do calor, ouvia-se um perpétuo som suspirante e cessante, a voz do transiente e do perecível – assim parecia – indo e vindo como respiração humana, ao passo que no espelho as coisas haviam parado de respirar e quedavam imóveis no transe da imortalidade.

Meia hora antes, a dona da casa, Isabella Tyson, percorrera o caminho relvado trajando um vaporoso vestido de verão, carregando um cesto, e desaparecera, seccionada que fora pela borda dourada do espelho. Provavelmente tinha ido ao jardim de baixo para colher flores; ou, como parecia mais natural supor, para colher algo leve, fantástico, frondoso, enovelado – uma clêmatis, ou um daqueles elegantes ramalhetes de ipomeias que se enroscam em paredes feias e prorrompem aqui e ali em flores brancas e lilases. Ela se parecia mais com a ipomeia, fantástica e trêmula, do que com o áster ereto, a zínia empertigada ou até mesmo com suas próprias rosas encarnadas, acesas feito lâmpadas nos postes dos roseirais. Essa comparação mostrava quão pouco se sabia a respeito dela, depois de todos esses anos; pois é impossível que uma mulher de carne e osso, de 55 ou 60 anos, seja na realidade uma grinalda ou uma gavinha. Tais comparações não são apenas preguiçosas e superficiais – pior, chegam mesmo a ser cruéis, porque, como a própria ipomeia, vêm tremelicando entre os nossos olhos e a verdade. Deve haver uma verdade; deve haver uma parede. No entanto, era estranho que depois de tê-la conhecido durante todos esses anos não se pudesse afirmar qual era a verdade sobre Isabella; ainda se continuava a cunhar analogias como essa da ipomeia e da clêmatis. No que tocava aos fatos, o fato é que ela era uma solteirona; que era rica; que havia comprado esta casa e colecionado com as próprias mãos – às vezes dos recantos mais obscuros do mundo e arriscando-se a levar picadas venenosas e a contrair doenças orientais – os tapetes, as cadeiras, os armários que agora viviam uma vida noturna diante dos olhos da gente. Às vezes era como se esses objetos a conhecessem melhor do que nós – nós, que neles nos sentávamos, neles escrevíamos, neles pisávamos com tanta cautela –, impedidos de conhecê-la. Em cada um desses armários havia muitas gavetinhas, e cada uma delas certamente continha cartas, atadas com laços de fita, salpicadas com raminhos de lavanda ou pétalas de rosa. Porque outro fato – se fatos é o que queremos – é que Isabella conhecera muitas pessoas, tivera muitos amigos; e, portanto, quem tivesse a audácia de abrir uma gaveta e ler as cartas acharia vestígios de muitas tribulações, compromissos marcados, reprimendas por não ter comparecido, longas cartas íntimas e afetuosas, violentas cartas de ciúmes e recusa, terríveis ultimatos de separação – pois todos aqueles colóquios e encontros haviam dado em nada –, ou seja, descobriria que ela nunca havia se casado, e que, no entanto, a inferir da máscara de indiferença que era o seu rosto, ela havia vivenciado vinte vezes mais paixões e experiências do que aqueles cujos amores são proclamados para que todo o mundo ouça. À força de pensar em Isabella, sua sala se tornava mais ensombrecida e simbólica; os cantos pareciam mais escuros; as pernas das cadeiras e das mesas, mais esguias e hieroglíficas.

De repente essas reflexões foram interrompidas com brutalidade, ainda que sem ruído. Uma forma grande e negra avultou dentro do espelho; borrou tudo o mais, polvilhou a mesa com um maço de tabuletas de mármore com veios cor-de-rosa e cinzentos, e desapareceu. Mas o quadro estava completamente alterado. Por um momento, ficou irreconhecível e irracional, e totalmente fora de foco. Não se podia associar a essas tabuletas nenhum propósito humano. Depois, pouco a pouco, algum processo lógico passou a trabalhá-las e começou a organizá-las e arranjá-las e trazê-las para o âmbito da experiência comum. Percebia-se, por fim, que não eram nada mais que cartas. O homem trouxera a correspondência.

Lá ficaram as cartas sobre a mesa de tampo de mármore, a princípio inundadas de luz e cor, cruas e inabsorvidas. Depois, foi estranho ver como foram reunidas e arrumadas e compostas e se tornaram parte do quadro e assumiram a imobilidade e a imortalidade que o espelho conferia. Lá ficaram elas investidas de nova realidade e nova significância, e com maior peso, também, como se fosse necessário um formão para desentranhá-las da mesa. E, fosse fantasia ou não, elas pareciam ter se tornado não um mero punhado de cartas ordinárias, mas tabuletas gravadas com a verdade eterna – se fosse possível lê-las, saber-se-ia tudo o que havia para saber sobre Isabella, sim, e sobre a vida, também. As páginas encerradas por aqueles envelopes de aparência marmórea deviam ter incisões profundas de entalhes repletos de significado. Isabella entraria na sala, e as recolheria, uma por uma, bem devagar, e as abriria, e as leria com atenção, palavra por palavra; depois, com um profundo suspiro de compreensão, como se tivesse vislumbrado a verdade por trás de tudo que há, ela faria os envelopes em pedacinhos e ataria as cartas num maço e as trancaria na gaveta do armário, determinada a ocultar o que desejava não fosse conhecido.

Essa ideia serviu de desafio. Isabella não queria ser conhecida, mas não mais escaparia. Era absurdo, era monstruoso. Se ela tanto ocultava e tanto sabia, era forçoso escancará-la com a primeira ferramenta que estivesse à mão: a imaginação. Era forçoso fixar a mente nela naquele exato momento. Era forçoso encerrá-la ali. Era forçoso recusar todas as evasivas de ditos e feitos como os que o momento produzia: com jantares e visitas e conversas educadas. Era forçoso saber onde os sapatos lhe apertavam. Tomando a frase literalmente, dali era fácil ver os sapatos sobre os quais se sustentava, de pé lá no fundo do jardim inferior, neste exato momento. Eram muito estreitos e compridos e sofisticados; eram feitos do couro mais macio e maleável. Eram requintados, como tudo que ela usava. E ela estaria em pé, debaixo da grande sebe na parte inferior do jardim, erguendo as tesouras amarradas à cintura para podar alguma flor morta, algum galho desmedido. O sol bateria em seu rosto, em seus olhos; mas não, no momento crítico um véu de nuvens cobriu o sol, tornando dúbia a expressão dos seus olhos – estaria zombeteira ou terna, viva ou mortiça? Podia-se ver apenas o perfil impreciso de seu rosto um tanto fenecido e delicado a mirar o céu. Estaria talvez pensando que devia encomendar uma nova rede para proteger os morangos; que devia enviar flores à viúva Johnson; que já era tempo de dar um pulo na nova casa dos Hippesley. Essas eram as coisas sobre as quais ela certamente falava no jantar. Mas bastava das coisas que ela conversava no jantar. O que se desejava captar e transformar em palavras era o seu mais profundo estado de ser, o estado que está para a mente assim como a respiração está para o corpo, a que se dá o nome de felicidade ou infelicidade. À menção dessas palavras, ficou patente que, sem sombra de dúvida, ela devia ser feliz. Era rica; era distinta; tinha muitos amigos; viajava: comprou tapetes na Turquia e vasos azuis na Pérsia. De onde ela se achava, com as tesouras levantadas para podar os galhos tremulantes, irradiavam-se caminhos de prazer para lá e para cá, enquanto as nuvens rendilhadas lhe velavam o rosto.

Então, com um rápido movimento de tesouras, ela cortou o ramo de clêmatis, que foi ao chão. Ao cair, certamente um pouco de luz apareceu, certamente foi possível penetrar um pouco mais a fundo em seu ser. Então seu espírito se encheu de compaixão e remorso... Cortar um galho desmedido entristecia-a porque ele uma vez fora vivo, e ela estimava a vida. Sim, e ao mesmo tempo a queda do galho lhe lembrava que também ela deveria morrer e toda a futilidade e efemeridade das coisas. E então, agarrando no ar mais uma vez esse pensamento, com seu bom senso imediato, ela ponderou que a vida a tratara bem; ainda que ela tivesse de cair, seria para jazer na terra e desfazer-se suavemente entre as raízes das violetas. Assim ficou parada, pensando. Sem se dedicar a nenhum pensamento em especial – pois ela era uma dessas pessoas reticentes cuja mente enreda os pensamentos em nuvens de silêncio –, estava prenhe deles. Sua mente era como sua sala, na qual as luzes avançavam e recuavam, vinham piruetando e pisando delicadamente, expandiam as caudas, abriam caminho a debicadas; e então todo o seu ser, assim como a sua sala, foi banhado por uma nuvem de entendimento profundo, de algum arrependimento silenciado, e agora ela se achava repleta de gavetas fechadas, atulhada de cartas, assim como seus armários. Era uma impiedade e um absurdo falar em "escancará-la" como se fosse uma ostra e usar ferramentas que não as mais finas, sutis, flexíveis. Era forçoso imaginar que... aqui estava ela no espelho. Foi um enorme susto.

A princípio ela estava tão distante que não podia ser vista com clareza. Ela veio, demorando-se e detendo-se, aqui endireitando uma rosa, ali levando um cravo até o nariz, sem nunca parar; e durante todo esse tempo ela assumia no espelho um tamanho cada vez maior, tornando-se cada vez mais aquela pessoa em cuja mente se tentava penetrar. Foi possível confirmá-la pouco a pouco – conciliar, neste corpo visível, as qualidades que descobrimos. Aí estavam o vestido verde-acinzentado e os sapatos compridos, o cesto e alguma coisa a lhe cintilar no pescoço. Ela se aproximou tão gradualmente que não pareceu desconcertar o padrão que se via no espelho, mas apenas trazer algum elemento novo que se movia com suavidade e alterava os outros objetos como se lhes pedisse educadamente que abrissem espaço para ela. E as cartas e a mesa e o caminho relvado e os girassóis que estavam à espera no espelho se separaram e se afastaram para lhe dar acolhida. Por fim, ali estava ela, no vestíbulo. Ela quedou imóvel. Ficou ao lado da mesa. Ficou perfeitamente inerte. Logo o espelho começou a derramar sobre ela uma luz que pareceu fixá-la; que parecia uma espécie de ácido a carcomer o que era dispensável e superficial, poupando apenas o que era verdadeiro. Foi um espetáculo extasiante. Tudo se retirou dela – nuvens, vestido, cesto, diamante –, tudo quanto se havia denominado ipomeia e trepadeira. Aqui estava a dura parede subjacente. Aqui estava a mulher em si. Nua, ficou parada sob aquela luz inclemente. E não havia nada. Isabella estava perfeitamente vazia. Não tinha pensamentos. Não tinha amigos. Não havia ninguém com quem se importasse. As cartas, por sua vez, não eram nada além de contas a pagar. Reparem que, ali parada, velha e macilenta, venosa e estriada, com o nariz altivo e o pescoço enrugado, ela nem se deu o trabalho de abri-las.

As pessoas não deviam deixar espelhos pendurados pelos cômodos.

O juramento
Humberto de Campos

[1932]

HUMBERTO DE CAMPOS (1886-1934), escritor maranhense, fez parte de uma geração de escritores brasileiros que viveu com intensidade a cena literária. Convivendo com nomes importantes da nossa literatura, como Rui Barbosa, Emílio de Meneses e Coelho Neto, nunca obteve maior destaque, apesar de ter entrado para a Academia Brasileira de Letras. Poeta neoparnasiano, ignorou o quanto pôde a Semana de Arte Moderna de 1922. Apesar de nos últimos anos da vida ter-se dedicado à política – foi deputado federal até ser cassado pelo governo Vargas –, nunca abandonou o jornalismo, e tem uma fértil produção de crônicas, reportagens e críticas de arte.

Originalmente publicado em 1932, o conto *O juramento* faz parte da coletânea *Monstros e outros contos*.

– NUNCA MAIS, MEU PREZADO SENHOR, TIVE TRANquilidade na minha vida; e vinte séculos que viva, vinte existências que tenha na Terra, serão para pagar com o remorso de cada dia, ou, antes, de cada noite, o horror daquela vingança!

Cap Finistère havia deixado, na véspera, o porto do Havre, quando travamos relações, aquele cavalheiro e eu, no "bar" do navio. Era um homem velho, magro, de grande ossatura, tipo de Quixote dos Pampas, a quem não faltava, sequer, a barbicha comprida e rala, suja como a dos bodes. Não obstante os meses passados no clima suave da Europa, a sua pele conservava aquela tonalidade escura e áspera das feias do vento e do sol. Os olhos, miúdos, vivos, desconfiados, escondiam órbitas fundas, sob as sobrancelhas pesadas, como duas onças em duas furnas, mascaradas de erva grosseira. Chamava-se Ramon Gonzalez y Gonzalez, e era, dizia ele, industrial à margem do rio Bermejo, no extremo norte da Argentina. Possuía, ali, serrarias de madeira, além de algumas fazendas de gado, no sul, onde vivia ultimamente, em luta, sempre, com a natureza bravia.

– O caso, porém, que me atormenta a vida, meu caro senhor, ocorreu no norte, há trinta anos. Eu tinha, então, quarenta. A noite estava linda, como, em geral, as noites de estio, ao largo da costa francesa, à entrada do Atlântico. Uma lasca de lua, fina e loura, tomava posse do céu, em nome de Maomé, dando-lhe, com as suas estrelas, a feição de grande pavilhão turco. De baixo, do bojo do navio, subia o ronco fatigado das máquinas, no esforço esclerótico das caldeiras. E, de quando em quando, o ruído fresco de uma vaga arrebentada no costado de ferro, e caindo de novo, em forma de chuva grossa, sobre as espumas de outra onda nascida para morrer.

– Foi em Corrientes que eu a conheci – começou o ancião, enquanto virava o seu terceiro *whisky and soda*. – Filha de um velho amigo meu, era quase menina, quando a vi, na visita que fiz ao pai, meu antigo companheiro de colégio. E, ao regressar a Concepción del Bermejo, onde ficavam as minhas propriedades, levava-a nos olhos, na alma, no coração.

Chamava-se Consuelo, era cândida e fugitiva como as espumas deste oceano que rebenta lá fora. Tamanha foi, em suma, a impressão que me deixou que, um mês depois, eu regressava a Corrientes para pedir-lhe a mão em casamento.

– Casou...

– Não; não casei. Consuelo não quis, e o pai, vendo-a 24 anos mais moça do que eu – ela andava pelos 16 –, não a contrariou. Conformei-me com isso, mas pedi-lhes que se conservassem meus amigos; que me não esquecessem; que me olhassem como um parente; que me fossem, enfim, visitar em Concepción, para que não ficasse, de tudo aquilo, o menor ressentimento. Dentro em mim, porém, rugia o jaguar do egoísmo, o despeito do leão velho, que não pudera devorar, como sonhara, a corça tenra que vira na campina. Aquele coração havia de, um dia, pertencer-me. Era o meu juramento de morte.

Bateu na mesa, com a sua grande mão de esqueleto, e pediu:

– *Garçon*, outro *whisky*!

Limpou a boca com as costas das mãos, como quem está habituado a beber nas tavernas ou no campo, às pressas, sobre o dorso de um cavalo. E reatou:

– No fim do ano, em dezembro, foram a Concepción, visitar-me, o pai e a filha. Cerquei-os de gentilezas, de festas, de carinho. Fazíamos passeios longos, os três. E foi em um destes que se deu a desgraça.

– A desgraça?

– Sim, senhor. Tínhamos planejado uma visita ao alto Soledade, onde eu havia adquirido uma grande extensão de terras, para extração de madeiras. O senhor não conhece o alto Bermejo... Conhece? Era floresta virgem, soturna, impenetrada. Desembarcamos em Guahija, pequeno porto para exportação de lenha, e entramos pela mata, viajando a manhã toda. O senhor não imagina o que são aquelas matas! Eu tenho a impressão de que as selvas do seu Amazonas são assim. Árvores que dois homens não abarcam cerram fileiras, uma ao lado da outra, numa extensão de centenas de quilômetros. E lá em cima, sobre esses milagres de colunas poderosas, é o toldo verde e fechado, que não deixa passar gota de chuva e que o sol só atravessa, ao meio-dia, em forma de claridade... E começava a entardecer quando fomos assaltados pelos índios xurupinás, que são os mais terríveis de toda a região.

– E então?

– Então, foi o infortúnio. Presos, manietados com cipós, fomos conduzidos ao acampamento dos indígenas, 7 léguas diante, mato adentro... E como me recordo, ainda, dessa travessia pela floresta, tarde toda, e depois, noite fechada! Olhos arregalados de terror, os pulsos arroxeados pelos cipós, Consuelo não tinha uma lágrima, e caminhava mais arrastada do que pelos seus próprios pés. Os cabelos, os seus lindos cabelos negros e fartos, libertos da opressão do chapéu de feltro, rolavam-lhe pelos ombros, pelo colo, pela testa, cobrindo-lhe, às vezes, o rosto todo.

E abrindo um parêntese na narração:

– O senhor já viu coisa que mais excite um homem, despertando-lhe toda a bestialidade, do que o corpo da mulher martirizada? Seminua, com os lindos seios morenos pulando quase da camisa esfarrapada, o colo arranhado, o rosto porejando sangue, pelo esforço físico e pelo pudor, Consuelo acordava-me na alma de namorado sem esperança um pensamento diabólico. Eu marchava para a morte, mas marchava calmo, resignado, feliz. Talvez não trocasse, naquele momento, aquele caminho, recoberto de espinhos dilacerantes, pelo mais florido da Terra!

Outra incidência:

– Porque, o senhor sabe, acaso, o que é amar uma criatura, sabendo que nunca a possuirá? Já imaginou, porventura, o que é ver, saber, conhecer que a mulher que se ama, que se adora, e que nos despreza vai cair nos braços de outro homem, dando a outrem, com o seu beijo, com a flor do seu corpo moço, a felicidade que sonhamos para nós? Se sabe, se imagina isso, pode compreender a minha serenidade, ao ver na iminência de ser destruída, sem crime da minha parte, e para sempre, a taça em que eu pretendia beber... Consuelo não seria minha, não me daria o seu beijo, o seu corpo, mas também não pertenceria, nunca mais, a ninguém...

Mergulhou as mãos, nervosamente, nos magros cabelos grisalhos, arrepiados no crânio, como penas da crista de um pavão, e reatou:

– Antropófagos, os xurupinás devoraram, nesse mesmo dia, os dois homens da condução. No dia seguinte, pela manhã, comeram o meu amigo. Restávamos eu e Consuelo.

Uma pausa, e tornou:

– A mim, eu sabia que me não devorariam tão cedo. Eu estava abatido, cadavérico. A paixão vinha me devorando, há meses, secretamente, como o fogo ao algodão. Estava quase ossificado. E eu sabia que o índio não come, nunca, a presa nessas condições. Prefere engordá-la, cevá--la, tratando-a durante semanas, durante um ano inteiro.

– E a moça?

– Consuelo era linda e forte. Vi quando a mataram, com uma pancada vigorosa no crânio... Como são feios os miolos, aparecendo, ensanguentados, entre a pasta dos cabelos!... Vi quando um dos seus seios, tão redondo, tão rígido, tombado do jirau, rolou na areia do chão, onde um velho cachorro o tomou nos dentes, indo devorá-lo escondido... Vi quando a esquartejaram, quando a retalharam, quando a distribuíram, em pedaços sangrentos. Impassível, como num sonho, eu via tudo. E só despertei do meu pasmo quando um dos índios, o chefe, que tostava o seu pedaço na fogueira fumarenta de gordura, me veio perguntar, em um gesto, que pedaço eu queria. Olhei as postas de carne fria, sobre as quais as moscas zumbiam, com fúria: a mão miúda, de dedos contraídos, em um dos quais estava, ainda, um anel que eu lhe dera; um dos pés, meio devorado e com as cartilagens penduradas; as entranhas, a cabeça quase esfacelada, pendurada a um esteio pelos cabelos; a sua perna; a sua coxa; um dos seus braços, o mais lindo que eu tenho visto... Indiquei um pedaço de carne roxa, que aparecia, repugnante, entre as vísceras, o qual me foi trazido, e que eu comecei, também, a devorar.

Estremeceu todo, e concluiu, enquanto um arrepio de horror me sacudia:

– Era o coração.

Havia cumprido o meu juramento...

E batendo, com força, na mesa:

– *Garçon*, outro duplo!

A plenitude da vida
Edith Wharton

Título original
The Fullness of Life
[1893]

Tradução
Fábio Bonillo

A profundidade psicológica e a ironia deliciosa, a um só tempo suave e incisiva, sempre foram as marcas da escrita de EDITH WHARTON (1862-1937), reconhecida pelo prêmio Pulitzer que a autora recebeu em 1921, bem como pelas numerosas indicações ao Nobel. Essa mesma escrita, com todo o seu cosmopolitismo, serve igualmente como um espelho de sua época e de sua cidade natal, a metrópole florescente que era Nova York. Esse bem-humorado cosmopolitismo também é a marca de sua ficção fantástica, provando – da mesma maneira que algumas criações de Nikolai Gógol – que a instabilidade perturbadora do gênero não se limita apenas a fazer medo ao leitor.

O conto *A plenitude da vida* foi publicado pela primeira vez na *Scribner's Magazine* de dezembro de 1893.

I

Por horas ela repousara numa espécie de suave torpor, não muito diferente daquela terna lassidão que nos domina na quietude de uma tarde de verão, quando o calor parece ter silenciado até mesmo os pássaros e os insetos e, afundados nos tufos de relva dos prados, dirigimos o olhar para o alto, através do cimo uniforme das folhas do bordo, até a vasta amplidão de azul desanuviado e despojado. Vez ou outra, a espaços cada vez mais duradouros, um acesso de dor a trespassava como o ondular de um facho de luz que cruzasse um céu estival; mas era um acesso transitório demais para perturbar-lhe o estupor, aquele estupor tranquilo, delicioso e insondável em que cada vez mais fundo parecia-lhe afundar, sem fazer nenhuma menção de resistência ou esforço para tornar a agarrar as franjas evanescentes da consciência.

A resistência, o esforço haviam conhecido seu momento de violência; mas agora estavam no fim. Por sua mente, havia muito assolada por visões grotescas, imagens fragmentárias da vida que ela estava vivendo, versos torturantes, obstinados reaparecimentos de quadros outrora contemplados, impressões indistintas de rios, torres e cúpulas, colhidas ao longo de viagens semiesquecidas, por sua mente, enfim, moviam-se agora apenas algumas sensações primevas de pálido bem-estar, uma vaga satisfação ante o pensamento de que havia ingerido o último gole do venenoso remédio... de que nunca mais tornaria a ouvir o ranger das botas do marido – aquelas botas terríveis –, e de que ninguém viria incomodá-la para tratar do jantar do dia seguinte... ou da conta do açougue...

Por fim, mesmo essas débeis sensações dissiparam-se na crescente obscuridade que a envolveu: um crepúsculo ora repleto de pálidas rosas geométricas a circular suave e ininterruptamente diante dela, ora transformado em negrume azulado do mesmo matiz de uma noite de verão sem estrelas. E nessa escuridão ela se sentiu afundar mais e mais, com a suave sensação de segurança oriunda da levitação. Como uma onda tépida, o negrume subia à sua volta, avolumando-se cada vez mais, embalando, com aquele abraço aveludado, o corpo relaxado e fatigado, ora a lhe submergir o peito e os ombros, ora a lhe engolir gradualmente, com suave inexorabilidade, o pescoço e o queixo, os ouvidos, a boca... Ah, agora aquilo subia muito; o impulso de lutar se renovara... sua boca estava cheia... ela sufocava... Socorro!

– Ela se foi – disse a enfermeira, baixando-lhe as pálpebras com a solenidade de praxe.

O relógio soou três horas. Mais tarde recordariam esse fato. Alguém abriu a janela e deixou entrar uma lufada daquele ar estranho e neutro que percorre a Terra no interstício entre a escuridão e a alvorada; alguém mais conduziu o marido a outro cômodo. Caminhava incerto, feito um cego, em botas rangentes.

II

Ela estava parada, ao que parecia, num limiar, embora não houvesse à sua frente nenhum portão palpável. Apenas um amplo cenário de luz, branda mas penetrante feito o brilho de incontáveis estrelas reunidas, expandia-se gradualmente diante de seus olhos, formando um contraste beatífico com o negrume cavernoso do qual ela acabara de sair.

Deu um passo adiante, não assustada, mas hesitante, e, à medida que seus olhos se aclimatavam às profundezas luminosas que se fundiam ao seu redor, ela divisou a silhueta de uma paisagem, nadando, a princípio, numa imprecisão opalescente digna das vaporosas criações de Shelley, e depois resolvida numa forma mais distinta: o amplo descortinar-se de uma planície ensolarada, etéreas silhuetas de montanhas e logo em seguida a meia-lua prateada de um rio no vale e um esboço azul de árvores ao longo de seu curso – algo cujo inefável matiz lembrava os fundos azul--celeste de Leonardo, algo estranho, cativante, misterioso, que conduzia o olhar e a imaginação até regiões de fabuloso deleite. Contemplando a cena, seu coração batia com um sobressalto suave e arrebatador: lia, no chamado daquela distância hialina, uma promessa extraordinária.

– Então a morte não é o fim, afinal de contas – pegou-se exclamando com todo o ânimo. – Sempre soube que não era o fim. Eu acreditava em Darwin, é claro. Ainda acredito; mas se o próprio Darwin disse não ter certeza sobre a alma – pelo menos foi o que acho que disse – e Wallace era espiritualista, e se também St. George Mivart...

Seu olhar perdeu-se nos etéreos longes das montanhas.

– Quanta beleza! Quanto contentamento! – murmurou. – Talvez agora eu realmente descubra o que é viver.

Enquanto falava, sentiu o coração disparar subitamente e, olhando para cima, deu-se conta de que diante dela estava o Espírito da Vida.

– É mesmo verdade que nunca soube o que é viver? – perguntou-lhe o Espírito da Vida.

– Nunca conheci – respondeu ela – aquela plenitude de vida que todos nós nos julgamos capazes de conhecer, embora à minha vida não faltassem, aqui e ali, alguns indícios, tal como o perfume da terra firme que às vezes nos alcança quando estamos em alto-mar.

– E o que chama de "plenitude da vida"? – tornou a perguntar o Espírito.

– Oh, se você não sabe o que é, não tenho como lhe responder – disse ela quase em tom de censura. – Crê-se que é definida por muitas palavras: amor e compaixão são as mais empregadas, mas eu mesma não estou certa de que sejam as mais adequadas, e poucas são as pessoas que realmente sabem o que elas significam.

– Você foi casada – disse o Espírito –, contudo não encontrou a plenitude da vida no casamento?

– Oh, não, claro que não – respondeu com desdém condescendente. – Meu casamento foi um caso dos mais imperfeitos.

– Contudo, era afeiçoada ao seu marido?

– Você empregou a palavra certa: eu era *afeiçoada* a ele, sim, como eu era afeiçoada à minha avó, e à casa em que nasci, e à minha velha babá. Oh, eu era afeiçoada a ele, e nos tomavam por um casal muito feliz. Mas eu às vezes pensava que a natureza da mulher é como uma enorme casa cheia de cômodos: há o vestíbulo, pelo qual todo mundo passa ao entrar e partir; a sala de visitas, onde se recebem os convidados formais; a sala de estar, onde os membros da família entram e saem conforme desejam; mas além, bem além, há outros cômodos, cujas portas talvez nunca tiveram as maçanetas giradas; ninguém sabe chegar até eles, ninguém sabe para onde conduzem; e no cômodo mais secreto, mais sagrado, a alma permanece sentada, esperando ouvir uma pegada que nunca soa.

– E seu marido – perguntou o Espírito depois de uma pausa – nunca passou da sala de estar da família?

– Nunca – retorquiu ela, impaciente. – E o pior é que ele se contentava em ficar por lá. Achava a sala linda, e às vezes, quando ele estava admirando a mobília prosaica, tão insignificante quanto as cadeiras e as mesas de um salão de hotel, eu sentia vontade de gritar: "Idiota, será que nunca vai adivinhar que tem ao alcance da mão muitos cômodos cheios de tesouros e maravilhas que olho humano nunca viu, cômodos em que ninguém pisou, mas que poderiam vir a ser sua morada, caso você lograsse encontrar a maçaneta?".

– Então – continuou o Espírito –, aqueles momentos que você mencionou como indícios esporádicos da plenitude da vida não foram partilhados com o seu marido?

– Oh, não... nunca. Ele era diferente. Suas botas rangiam, ele sempre batia a porta ao sair e nunca lia nada além de folhetins de aventura e noticiário esportivo... e... e, resumindo, nunca nos entendemos em absoluto.

– A que atribui, então, aquelas sensações extraordinárias?

– Não saberia precisar. Às vezes ao perfume de uma flor; às vezes a um verso de Dante ou de Shakespeare; às vezes a um quadro ou a um pôr do sol, ou a um daqueles dias serenos no mar, quando parecemos estar deitados no fundo de uma pérola azul; às vezes, muito raramente, a uma palavra que alguém proferisse e calhasse de dar feição ao que eu sentia naquele exato momento, mas não conseguia externar.

– Alguém que você amava? – perguntou o Espírito.

– Nunca amei ninguém desse jeito – disse ela um tanto triste –, nem estava pensando em uma pessoa específica quando falei, mas sim em duas ou três que, ao percutir por um instante a corda certa do meu ser, produziram uma única nota daquela estranha melodia que parecia adormecida em minha alma. Raras vezes aconteceu, no entanto, de eu atribuir tais sentimentos a seres humanos; e nenhum deles me rendeu um momento de tamanha felicidade como a que me foi dado sentir certo entardecer na igreja de Orsanmichele, em Florença.

– Conte-me como foi – disse o Espírito.

– O sol ia caindo numa tarde chuvosa de primavera da semana de Páscoa. As nuvens tinham desaparecido, dispersas por um vento repentino, e assim que entramos na igreja os fulgurantes vitrais das altas janelas brilharam feito lâmpadas dentro do crepúsculo. Havia um padre no altar-mor; sua casula não passava de um ponto pálido naquela obscuridade carregada de incenso, as luzes das velas bruxuleavam como vaga-lumes em torno de sua cabeça, e umas poucas pessoas estavam ajoelhadas por perto. Esgueiramo-nos por trás delas e nos sentamos num banco próximo ao sacrário de Orcagna.

– É estranho dizer, mas, embora Florença não me fosse desconhecida, eu nunca estivera naquela igreja antes; e naquela luz mágica vi pela primeira vez os degraus incrustados, as colunas caneladas, os baixos-relevos e pálios esculpidos daquele maravilhoso templo. O mármore, trabalhado e desbastado pela sutil mão do tempo, assumiu um indescritível matiz rosáceo que fazia lembrar, de maneira muito vaga, as colunas cor de mel do Partenon, só que mais místicas, mais complexas, duma cor que não nascera com o inveterado beijo do Sol, mas era composta do lusco-fusco críptico, da chama das velas sobre os túmulos dos mártires e dos vislumbres do pôr do sol filtrados por simbólicos vitrais de crisoprásio e rubi; uma luz tal como a que ilumina os missais da biblioteca de Siena, ou arde como um fogo oculto na Madonna de Giovanni Bellini na igreja do Redentor em Veneza; a luz da Idade Média, mais rica, mais solene, mais significativa que a límpida luz do sol da Grécia.

– A igreja estava silenciosa, salvo pelo lamento do padre e pelo ocasional arrastar de alguma cadeira contra o piso, e, quando lá sentei, banhada naquela luz, absorvida em extasiante contemplação do milagre de mármore que se erguia à minha frente, artificiosamente lavrado como um escrínio de marfim e enriquecido com incrustações de gemas e de ouro de brilho embaciado, senti-me transportada ao longo de uma poderosa corrente cuja fonte parecia se situar no princípio mesmo de tudo e cujas águas tremendas reuniam, ao rolar, todos os afluentes das paixões e do empenho humanos. A vida em todas as suas variadas manifestações de beleza e estranheza parecia tecer uma dança rítmica ao meu redor à medida que me movia, e por onde quer que o espírito do homem tivesse passado eu sabia que ali também eu trilhara.

– Conforme eu contemplava, os ressaltos medievais do sacrário de Orcagna pareciam fundir-se e voltar às suas formas originais, de modo que o lótus fechado do Nilo e o acanto da Grécia estavam entrelaçados com os nós rúnicos e os monstros de cauda de peixe do Norte, e toda a plasticidade horrenda e bela, nascida das mãos do homem desde o Ganges até o Báltico, trepidava e misturava-se na apoteose de Maria feita por Orcagna. E para adiante o rio me conduzia, passando pelo semblante desconhecido de antigas civilizações e pelas conhecidas maravilhas da Grécia, até que desaguei nas ondas turbulentas da Idade Média, com seus torvelinhos de paixão, seus celestes espelhos d'água de poesia e arte; ouvi as batidas rítmicas dos martelos dos ourives nas oficinas e nas paredes das igrejas, as palavras de ordem de facções armadas nas ruas estreitas, a cadência musical dos versos de Dante, a crepitação da lenha ao redor de Arnaldo de Brescia, o gorjear das andorinhas para as quais São Francisco pregava, a risada das senhoras ouvindo nas montanhas os chistes do *Decamerão* enquanto uma Florença assolada pela peste gemia logo abaixo – tudo isso e muito mais eu ouvi, em estranho uníssono com vozes mais antigas e mais remotas, vozes ferozes, apaixonadas ou doces, e no entanto submetidas a tão terrível harmonia que pensei na canção que as estrelas matutinas cantavam juntas e senti como se estivessem soando em meus ouvidos. Meu coração quase parou de tanto bater, as lágrimas me arderam os olhos, e a alegria e o mistério de tudo aquilo pareciam-me intoleráveis. Eu nem sequer conseguia entender as palavras da canção; mas sabia que, se houvesse alguém ao meu lado para ouvi-las comigo, poderíamos juntos ter encontrado a chave do seu entendimento.

– Voltei-me para meu marido, que estava sentado ao meu lado em paciente abatimento, mirando o fundo de seu chapéu; mas naquele momento ele se levantou e, esticando as pernas enrijecidas, disse serenamente: "Não seria melhor irmos andando? Parece que não há muito que ver por aqui, e você sabe que no jantar a *table d'hôte* é servida às seis e meia".

Ela terminou sua exposição, fez-se um intervalo de silêncio, e então o Espírito da Vida disse:

– Há uma compensação à sua espera para as necessidades que você expressou.

– Oh, então você *entende*? – exclamou ela. – Diga-me que compensação é essa, eu lhe rogo!

– Está disposto – respondeu o Espírito – que toda alma que na Terra busque em vão uma alma gêmea a quem possa desnudar o mais recôndito do seu ser encontrará aqui essa alma e a ela permanecerá unida por toda a eternidade.

Uma jubilosa exclamação irrompeu de seus lábios.

– Ah, por fim o encontrarei? – exclamou ela, exultante.

– Ei-lo – disse o Espírito da Vida.

Ela ergueu o olhar e viu que ali estava um homem cuja alma (pois naquela luz invulgar pareceu-lhe ver a alma com muito mais clareza do que o rosto) a atraiu na direção dele com uma força invencível.

– Você é mesmo o escolhido? – murmurou ela.

– Sou – respondeu ele.

Ela pousou as mãos nas dele e conduziu-o ao parapeito que se projetava sobre o vale e perguntou-lhe:

– Desçamos juntos – pediu-lhe ela – àquele campo maravilhoso; vejamo-lo juntos, como se com os mesmos olhos, e digamos um ao outro, com as mesmas palavras, tudo o que pensamos e sentimos!

— Assim esperei e sonhei – respondeu ele.
— Quê? – perguntou ela com crescente alegria. – Então você também me procurou?
— Por toda a minha vida.
— Que maravilha! E nunca, nunca encontrou ninguém no outro mundo que o compreendesse?
— Não completamente, não como você e eu nos compreendemos.
— Então você sente o mesmo? Oh, como estou feliz – disse ela num suspiro.

Eles pararam, as mãos atadas, olhando por sobre o parapeito a cintilante paisagem que se espraiava abaixo deles num espaço safírico, e o Espírito da Vida, que vigiava junto ao limiar, vez por outra captava no ar um fragmento da conversa que escapava como uma andorinha de arribação que às vezes o vento desgarra do bando.

— Então você nunca sentiu, num pôr do sol, que...
— Ah, sim; mas nunca ouvi alguém expressá-lo assim. Você ouviu?
— Você se recorda daquele verso do terceiro canto do "Inferno"?
— Ah, aquele verso... sempre foi meu favorito. Será possível que...
— Sabe a estátua da Vitória inclinada, no friso do Templo de Atena?
— Aquela que está amarrando a sandália? Então você também deve ter percebido que nas dobras esvoaçantes daquele drapejamento estão prenunciados todos os Botticelli e os Mantegna?
— Após as tempestades de outono, já notou que...
— Sim, é curioso como certas flores remetem a certos pintores: o perfume do cravo, a Leonardo; o perfume da rosa, a Ticiano; o da angélica, a Crivelli...
— Nunca imaginei que alguém mais tivesse percebido isso.

– Nunca pensou que...

– Oh, sim, mais de uma vez; mas nunca sonhei que outra pessoa também pudesse ter pensado nisso.

– Mas certamente deve ter sentido que...

– Oh, sim, sim; e você, também...

– Que beleza! Que estranho...

Suas vozes subiam e desciam, como o murmurejar de dois chafarizes que respondessem um ao outro através de um jardim cheio de flores. Por fim, com uma espécie de doce impaciência, ele virou-se para ela e disse:

– Amor, por que nos demorarmos aqui? Temos toda a eternidade pela frente. Desçamos àquele belo campo juntos e construamos nosso lar num daqueles montes azuis acima do rio iluminado.

Quando assim falou, a mão que ela esquecera na sua subitamente se recolheu, e ele sentiu que uma nuvem cruzava a radiância daquela alma.

– Um lar – repetiu ela lentamente –, um lar para nós dois passarmos toda a eternidade?

– Por que não, amor? Não sou a alma que a sua procurava?

– S-sim... sim, eu sei, mas... você não entende que, para mim, um lar não seria lar a menos que...

– A menos que...? – repetiu ele.

Ela não respondeu, mas pensou consigo, com um ímpeto de caprichosa contradição: *A menos que você batesse a porta e usasse botas rangentes.*

Mas ele voltara a apertar a mão dela e, com movimentos imperceptíveis, a conduzia na direção dos brilhantes degraus que desciam ao vale.

– Venha, ó alma de minha alma – implorou ele ardorosamente. – Por que tardar-se ainda mais? Você deve sentir, assim como eu, que a própria eternidade é breve demais para conter uma bem-aventurança como a nossa. Parece-me que já consigo ver o nosso lar. Não o via sempre em meus sonhos? É branco, meu amor, não é? Tem colunas lustrosas e uma cornija esculpida em contraste com o azul do céu!... É cercado por arvoredos de louros e oleandros e por roseirais; mas, do alpendre onde ao pôr do sol caminhamos, o olhar descortina florestas e frescas pradarias em que, abrigado sob a ramagem ancestral, corre manso um regato ao encontro do rio. Dentro de casa, pendem das paredes nossos quadros favoritos, e os quartos estão atopetados de livros. Pense, querida, que por fim teremos tempo para lê-los todos. Com qual começaremos? Venha, ajude-me a escolher. Será talvez o *Fausto* ou a *Vida nova*, a *Tempestade* ou *Les caprices de Marianne*, ou o 31º canto do "Paraíso", ou o *Epipsychidion* ou *Lycidas*? Diga-me, querida, qual prefere?

Enquanto falava, ele viu tremular jubilosamente nos lábios dela a resposta – que, no entanto, se desvaneceu no silêncio que se seguiu, e ela se quedou imóvel, resistindo à persuasão da mão dele.

– Qual prefere? – rogou ele.

– Espere um minuto – disse ela com uma estranha hesitação na voz. – Primeiro me diga: tem certeza do que está dizendo? Não existe ninguém na Terra que às vezes volte à sua memória?

– Não, desde que a vi – respondeu ele; pois, homem que era, de fato havia esquecido.

Ela permanecia imóvel, e ele viu que aquela sombra se avultou em sua alma.

– Amor, tem certeza de que é isso que a estava incomodando? – disse ele em tom de repreensão. – De minha parte, posso dizer que cruzei o rio Letes, e o passado se dissipou como uma nuvem diante da Lua. Antes de vê-la, nunca soube o que é viver.

Ela não deu resposta às suas súplicas, mas daí a pouco, recobrando-se com visível esforço, afastou-se dele e dirigiu-se ao Espírito da Vida, que ainda se achava parado no limiar.

– Quero lhe fazer uma pergunta – disse ela com voz perturbada.

– Faça – disse o Espírito.

– Agora há pouco – principiou, vagarosa – você me disse que toda alma que não encontrou uma alma gêmea na Terra está destinada a encontrá-la aqui.

– E você não a encontrou? – perguntou o Espírito.

– Sim; mas o mesmo valerá para a alma do meu marido?

– Não – respondeu o Espírito da Vida –, pois seu marido acreditou ter encontrado a alma gêmea na Terra, que era você; e para tais ilusões a eternidade não tem remédio.

Ela soltou um gritinho. Seria de decepção ou de triunfo?

– Então... então o que acontecerá com ele quando aqui chegar?

– Isso não posso lhe dizer. Algum campo de atividade e alegria ele encontrará sem dúvida, na exata medida de sua capacidade de ser ativo e feliz.

Ela o interrompeu, quase zangada:

– Ele nunca será feliz sem mim.

– Não esteja tão certa disso – disse o Espírito.

Ela nem percebeu a frase, e o Espírito continuou:

– Aqui, como na Terra, ele não a compreenderá.

– Não importa – disse ela. – Só eu vou sofrer com isso, pois ele sempre pensou que me compreendia.

– As botas dele vão ranger da mesma forma...

– Não importa.

– E ele vai bater a porta...

– É bem provável.

– E vai continuar a ler folhetins...

Ela atalhou, impaciente:

– Muitos homens fazem pior que isso.

– Mas você acabou de dizer – disse o Espírito – que não o amava.

– É verdade – respondeu ela com simplicidade. – Mas você não entende que sem ele eu não me sentiria em casa? Por uma semana ou duas, tudo bem, mas por toda a eternidade! Afinal de contas, nunca me importei com o ranger das botas dele, a não ser quando minha cabeça doía, e suponho que *aqui* ela não doerá; e ele sempre ficava tão consternado quando batia a porta... mas é que não *conseguia* se lembrar de não bater. Além disso, ninguém mais saberia como cuidar dele, que é tão inepto. O tinteiro dele nunca seria enchido, e sempre lhe faltariam selos e cartões de visita. Nunca se lembraria de mandar reformar o forro do guarda-chuva ou de perguntar o preço de alguma coisa antes de comprá-la. Ora, ele nem saberia que folhetins ler; sempre tinha eu de escolhê-los conforme o tipo de que ele gostava: os que tinham algum assassinato ou falsificação e um detetive vitorioso.

Voltou-se abruptamente para a alma gêmea, que permanecera à escuta com aspecto de espanto e desalento.

– Não está vendo – disse ela – que não posso partir com você?

– Mas o que pretende fazer? – perguntou o Espírito da Vida.

– O que pretendo fazer? – redarguiu indignada. – Ora, pretendo esperar meu marido, é claro. *Ele*, se tivesse aqui chegado antes de mim, teria me esperado anos e anos; e lhe partiria o coração não me encontrar ao chegar – com um gesto desdenhoso, apontou para o mágico espetáculo da colina e do vale que se estendia até as translúcidas montanhas. – Ele não daria a mínima para tudo isso – disse – caso não me encontrasse aqui.

– Mas pondere – avisou o Espírito – que agora você faz uma escolha para toda a eternidade. É um momento solene.

– Escolha! – disse ela com um sorriso meio triste. – Vocês aqui ainda conservam a velha fábula da escolha? Eu supunha que *você* fosse mais inteligente. Como posso evitar? Ele espera me encontrar aqui quando chegar e nunca acreditaria se você lhe dissesse que parti com outra pessoa. Nunca, nunca.

– Assim seja – disse o Espírito. – Aqui, como na Terra, cada um deve decidir por si mesmo.

Ela voltou-se para a alma gêmea e olhou com ternura, quase com melancolia.

– Perdoe-me – disse. – Seria um prazer tornar a conversar com você; mas sei que irá compreender, e ouso dizer que irá encontrar alguém muito mais inteligente...

E, sem se deter para ouvir resposta, acenou-lhe um breve adeus e voltou-se para o limiar.

– Meu marido virá em breve? – perguntou ao Espírito da Vida.

– Isso não lhe foi destinado saber – respondeu o Espírito.

– Não importa – disse ela alegremente. – Tenho toda a eternidade para esperar.

E, ainda sentada sozinha no limiar, ela aguarda ouvir o ranger de suas botas.

O pacto infernal –
Pequeno romance
Charles Nodier

Título original
Le Pacte infernal [1822]

Tradução
**Paulina Wacht e
Ari Roitman**

Apesar de figurar como um dos principais nomes do movimento romântico francês, CHARLES NODIER (1780-1844) ultrapassou as categorizações estreitas em sua vasta e densa obra como romancista e contista. Ao elaborar narrativas sobrenaturais reestruturando elementos góticos, praticamente lançou as bases contemporâneas da narrativa fantástica, sendo grande influência para autores posteriores como Gérard de Nerval. Também colaborou para a ampliação do mito do vampiro moderno, ao levar para o teatro uma adaptação de enorme sucesso do conto *The Vampyre*, de John Polidori. Sua obra, flutuando entre reflexão individual, ensaio especulativo, narrativa e imagem gótica, possui ao mesmo tempo certa essência romântica e um sabor moderno.

O pacto infernal foi publicado originalmente na coletânea *Infernaliana* (1822), que apresenta uma verdadeira galeria de narrativas fantásticas criadas a partir da inventiva reformulação de elementos góticos.

EU NASCI AMBICIOSO, VIOLENTO E IRACUNDO; A MENOR contrariedade me deixava fora de mim, e, quando o infortúnio pesava sobre a minha pessoa, eu ficava furioso.

Uma noite em que, desenganado nas minhas ambiciosas esperanças, eu me amaldiçoava do fundo do coração, proclamei em altos brados: "Sim, se existe um espírito infernal, que apareça, que venha até aqui; sob qualquer forma que se apresente, contanto que me traga vingança, eu me entregarei a ele".

Essas palavras ainda não tinham saído da minha boca quando senti um calor incandescente: o termômetro que estava no meu quarto se elevou subitamente para 48 graus, chamas de diversas cores invadiram meu apartamento, um vento ardente me deixou sem respiração; enfim, estava quase sufocado.

Todos esses sintomas me apavoraram, e pensei: "Seria possível que o Diabo aparecesse na minha frente?". Logo, um espectro horrível se aproximou:

– O que quer de mim? – perguntou ele. – Diga-me.

Eu quase não tinha forças nem para examinar aquela figura medonha, que vomitava chamas por todos os poros e cujo corpo horrível estava rodeado de serpentes que se mexiam em todas as direções, quando ele me interpelou nos seguintes termos:

– Diga logo, pois meu tempo é precioso, outras pessoas me esperam; você quer ouro? Aqui está. Quer vingança? Eis a vingança. Quer ser governante, homem de letras, guerreiro? Seus desejos serão realizados, sou o distribuidor de graças… de glória… pode escolher… – Eu ainda tive forças, porém, para lhe perguntar quais eram as condições.

– Eu lhe concedo mais quarenta anos de vida, durante os quais você pode fazer tudo o que quiser, mas ao final desse tempo você me pertencerá por completo. Enquanto viver, serei seu escravo; mas depois da sua morte você se tornará o meu; veja se essas condições lhe interessam: em caso afirmativo, assinaremos nosso contrato; do contrário, não se fala mais nisso e adeus.

Um crime acarreta um novo crime, infelizmente, e, confesso, cometi a fraqueza de assinar esse pacto infame.

Ambos estremecemos.

Com o pacto assinado, o Diabo me disse:

– Meu senhor, sou seu escravo, pode ordenar; sempre que tiver necessidade de mim, bata com o pé no chão e de imediato estarei às suas ordens.

– Sendo assim – respondi –, exijo que mude de forma e assuma um aspecto menos horroroso – nem havia terminado de falar quando vi à minha frente um rapaz encantador perguntando-me se eu estava satisfeito.

– Sim, mas agora preciso que me dê dinheiro – e um cofre apareceu ao pé da minha cama. – Você sabe que tenho um ódio mortal *contra um governante, preciso me vingar*.

– Pois será atendido, amanhã a desgraça dele será anunciada e você vai estar no seu lugar.

– Por ora é suficiente, retire-se, e que eu tenha um sono pacífico.

O meu amo no futuro, meu escravo no presente, retirou-se, e eu desfrutei o mais perfeito descanso.

De manhã fui acordado por um mensageiro que trazia o anúncio da queda do meu inimigo e a agradável notícia de que eu iria substituí-lo. Corri, ou melhor, voei para o meu novo cargo. Enfim, o que posso dizer é que tudo aconteceu segundo meus desejos; ganhei reputação como homem de Estado, como guerreiro, poeta. Poder-se-ia dizer que eu era universal. Mas como a natureza humana é inconsequente, eu não conseguia desfrutar uma honra tão aprazível; a ambição me dominava a tal ponto que os lauréis e os mirtos me entediavam, eram um fardo para mim; disse isso ao Diabo, que, não sabendo mais o que fazer, se aborreceu e afirmou que nenhum mortal havia se beneficiado de tantos favores quanto eu, que meu poder era quase igual ao da divindade e que ele temia ter criado um ser ingrato. Tomado de fúria, fiz valer o pacto e repliquei que ele devia sentir-se feliz por me obedecer, que não passava de meu vil escravo, e que para prová-lo eu desejava me igualar ao Criador, eu mesmo queria criar.

– Já esperava esse pedido – disse ele –, e sou obrigado a realizar suas vontades, caso contrário o nosso trato seria rompido, mas você está sendo insensato.

Mandei-o guardar silêncio e, trazendo uma estátua de cera de uma beleza perfeita, ordenei que ele a animasse e transformasse em uma mulher maravilhosa. Infelizmente fui obedecido, e surgiu diante dos meus olhos a mais bela criatura que já pisou na Terra.

– Eu me retiro – disse o Diabo –; você escolheu ser infeliz, nem todo o meu poder pode impedi-lo; adeus.

Assim que ele saiu, entreguei-me ao mais violento amor por minha criatura, fazendo-a passar por minha mulher. Pensei ter encontrado a felicidade, mas, meu Deus!, aquela mulher era tão bonita quanto era horrível sua alma; ela me levou de erro em erro, de crime em crime, e me apequenou a ponto de dizer, junto com ela, que gostaríamos que toda a espécie humana possuísse apenas uma cabeça, para cortá-la. Se o poder do Demônio não tivesse sido neutralizado pela criatura que ele me fizera fazer, sou obrigado a confessar, metade do mundo teria perdido a vida; mas, como já disse, ele não podia mais atender a todos os meus desejos, a todos os meus conjuros, e ele apenas me concedia algumas graças. Quando lhe perguntei a razão, respondeu que o poder celeste o impedia.

Entretanto, no meio dos tormentos que minha criatura me fazia padecer, o prazo fatal se aproximava, como me advertiu meu escravo, que viria a tornar-se meu amo.

– Você está brincando – eu lhe disse –, são apenas vinte anos, e ainda não se esgotaram.

– Na sua conta são vinte anos – respondeu –, mas lá no inferno nós contamos em dobro, vinte anos de dia, vinte anos de noite, o que dá quarenta, o prazo que lhe concedi.

Eu gritei, me desesperei; mas tudo isso deu em nada e tive de aceitar o fato de que seria estrangulado dois dias depois.

Seja qual for a posição de um homem, ele não gosta de morrer, principalmente quando vai cair nas garras do Diabo, e eu tinha certeza de que estas não seriam delicadas, porque eu não tinha sido delicado com ele.

Imerso em minhas tristes reflexões, saí de manhã e maquinalmente me encaminhei em direção à igreja. Quando pus o pé na soleira da porta, o Diabo barrou minha entrada:

– Retire-se, vil escravo – eu disse a ele –, até amanhã você não tem nenhum direito sobre mim.

Ele ficou intimidado e se contentou em fazer ameaças. Imediatamente me precipitei para dentro do recinto sagrado, pedi para falar com um venerável padre que conhecia e lhe contei todos os meus crimes.

– Já os conhecia – respondeu ele – e estava à sua espera para salvá-lo. Então mandou fechar todas as portas do templo e reunir todos os clérigos: eles me exorcizaram, aspergiram água benta e me fizeram admitir minhas culpas; em uma palavra, me purificaram.

Durante toda essa cerimônia o Diabo não parou de dar uns gritos pavorosos; várias vezes quis me agarrar; para afastá-lo, deram-me uma cruz para que eu trouxesse sempre comigo, e então se ouviram umas vociferações horríveis, a igreja foi tomada por um odor sulfuroso e infecto, parecia cheia de fantasmas, e só com o emprego de aspersões puderam expulsar o espírito do mal. Afinal conseguiram, e enquanto eu ainda estava em estado de graça foram à minha casa fazer a mesma cerimônia, mas lá os padres falharam, vítimas do próprio zelo, porque os demônios não eram contidos, como na igreja, e se entregaram a todo tipo de excessos. Apertaram a garganta de um dos santos ministros e só com muito esforço ele pôde ser liberado; depois, minha casa estando limpa de todos os hóspedes infernais, voltei para lá, mas já não encontrei nenhum dos meus antigos empregados, nem minha criatura, todos tinham fugido, tudo havia mergulhado no inferno.

– Desde essa época eu vivo tranquilo, e espero morrer da mesma maneira, desde que não transgrida as ordens que recebi. Tenho que ter sempre comigo esta relíquia – disse-nos ele, mostrando uma imagem da Virgem; mas qual não foi nossa surpresa e nosso espanto quando vimos um dos nossos companheiros de viagem lançar-se furioso contra aquele que acabava de falar e agarrá-lo pelo pescoço soltando umas imprecações horrorosas.

Porém o viajante se defendeu com sua relíquia, e observamos que cada vez que a imagem tocava no Demônio ele recuava espumando de raiva.

Esse combate já durava um bom tempo, quando vimos algo descer do céu com a rapidez de um raio.

– Meu Deus! – gritou o desafortunado. – Estou salvo. Fuja, Demônio infernal, fuja, chegou o meu salvador.

No mesmo instante um anjo entrou na diligência e, dirigindo-se ao espírito do mal, disse:

– Ousaste pôr tuas mãos impuras nessa imagem sagrada? Não percebes que deves respeitá-la em qualquer circunstância? Espírito das trevas, volta para o centro da Terra, é lá tua morada eterna, aquela que o divino Criador te deu – dizendo essas palavras, pegou-o e, quando o jogou com força no chão, um abismo se entreabriu e o recebeu.

Ainda não havíamos nos recuperado do nosso espanto quando chegamos diante do castelo da dama.

Eram oito horas da noite e, num movimento espontâneo, descemos da diligência. Um velho porteiro veio nos receber, trêmulo. Ele receava que fôssemos um exército de espíritos que vinha atormentá-lo e quase não teve coragem de nos conduzir até o salão e servir o jantar. Nós, contudo, ficamos alertas, à espera dos espíritos.

Por volta de meia-noite, notamos que uma sombra se desenhava contra a parede e nos aproximamos de lá; a sombra não desapareceu, pelo contrário, assumiu diversas formas, e pouco depois vimos um grande número delas se movendo pelo aposento em todas as direções. Até então tínhamos achado graça, mas o temor nos dominou ainda mais quando a porta do salão se abriu de par em par, e uma mulher, ao entrar, nos disse as seguintes palavras:

– Temerários mortais, que fatal destino vos trouxe até aqui: apressai-vos para fugir ou temei a minha vingança.

Nós todos nos entreolhamos, o viajante apertava a relíquia com força, a senhora do castelo fazia o sinal da cruz, outros diziam preces; em poucas palavras, todos estavam ocupados e só eu me permiti fazer diferente:

– Seja você quem for – disse-lhe –, não me dá medo algum, seja espírito ou Diabo, ou o que você quiser, estou pouco ligando e enfrento o seu poder – então dei alguns passos em direção ao fantasma e, quando estendi a mão para tocá-lo, ele desapareceu e em seu lugar encontrei o monstro mais medonho que se pode imaginar; eu, entretanto, não me apavorei e fui tentar segurá-lo com os dois braços, mas aquele espectro horrível era todo cheio de pontas agudas que me fizeram recuar e empunhar minhas armas: vã esperança, as balas e o ferro não faziam nada contra ele. Estávamos naquela estranha situação quando um trovão veio aumentar o nosso horror; o castelo parecia todo em chamas, uma fumaça espessa não nos deixava respirar e quase não nos permitia ver-nos; sombras gigantescas iam e vinham em todas as direções, muitas se aproximavam, ameaçando-nos, mas quem estava mais atormentado era o infeliz que tinha feito o pacto; o pavor o dominava a tal ponto que ele deixou a divina imagem cair no chão e no mesmo instante os demônios o dominaram e torceram seu pescoço. Vimos aquele desafortunado expirar sem poder socorrê-lo, que horror, enquanto uma voz forte como o som do mar bravio dizia as seguintes palavras:

– Homem sem fé, tu me pertencias, fiz bastantes sacrifícios para te adquirir e, desprezando os teus sermões, rompeste o pacto; volta ao meu poder, e que os perjuros tremam ao ler tua história – assim que terminou de dizer essas palavras, o castelo pareceu cair num abismo e nós perdemos os sentidos. Quando voltamos à consciência, estávamos em pleno campo, e em tal estado de fraqueza que quase não conseguíamos nos manter em pé. Chegamos como pudemos à próxima vila, firmemente decididos a não tentar novas aventuras desse tipo. Contudo, mandamos rezar missas para arrancar das garras do Demônio, se fosse possível, a alma daquele infeliz condenado, e tenho certeza de que consegui, pois mais tarde ele me apareceu, branco como neve, com a relíquia na mão e me agradecendo o que eu tinha feito por ele.

O espelho negro
Leopoldo Lugones

Título original
El espejo negro **[1898]**

Tradução
Tamara Sender

LEOPOLDO LUGONES (1874-1938) foi poeta, ensaísta, jornalista e político de influente atuação na Argentina, durante as três primeiras décadas do século XX. Esteticamente, aproximou-se do simbolismo através da importante amizade que nutriu com Rubén Darío, cultivando uma leitura peculiar, ao mesmo tempo tradicionalista (ao rejeitar o verso livre) e original (pela temática e forma de composição), da corrente simbolista francesa em obras como o celebrado *Lunario sentimental* (1909). Foi igualmente entusiasta do ocultismo e da teosofia, ideia que está na base de sua obra como contista – em coletâneas como *Fuerzas extrañas* (1906) e *Cuentos fatales* (1926) e também em alguma produção para jornais e revistas.

O espelho negro foi publicado originalmente no jornal *Tribuna*, de Buenos Aires, em 17 de novembro de 1898, e depois incluído em diversas coletâneas póstumas do autor.

CONVERSÁVAMOS UMA NOITE, O DR. PAULÍN E EU, sobre as propriedades do carvão, e meu sábio amigo, com sua eloquência habitual, lembrava-me das últimas descobertas da ciência a esse respeito.

– O pedaço de carvão que alguém afasta com o pé, distraído, ao passar pelos arredores de qualquer fábrica, é um universo químico. As cores do carvão! Os perfumes, os medicamentos do carvão! Que capítulo! O senhor poderia...

– Mas, doutor, sou um ignorante; só conheço algo sobre anilinas, como todo mundo.

– Está bem; e, sabendo de uma coisa interessante, o senhor ousaria contá-la, enfrentando a incredulidade, a malícia, até a suspeita?

– Naturalmente.

– Mesmo que fosse inverossímil?

– E absurda, se o senhor quiser acrescentar.

– É disso que preciso; quer que passemos ao gabinete?

Entramos. O doutor abriu uma ampla cômoda de laca, onde guardava seus medicamentos exóticos, seus aparelhos esquisitos, seus livros de mística oriental; procurou um instante e, em seguida, voltando-se:

– Eis aqui um aparelho cujo uso nossos sábios ignoram. É o espelho mágico, usado para consultas das bruxas, que o punham entre dois círios verdes, como na lenda de Santa Genoveva de Brabante, lembra?

Enquanto assim falava, o doutor extraía de um riquíssimo estojo de seda o aparelho em questão: um círculo de prata abarcava um disco preto, e o conjunto estava ajustado a um suporte, também de prata, que meu amigo colocou em sua mesa de trabalho.

Acostumado a tais manobras, eu o deixava agir sem me manifestar, esperando as explicações necessárias.

Com um gesto que lhe era habitual, o doutor apoiou energicamente sua boina de veludo sobre as sobrancelhas e disse:

– Eis aqui "o espelho negro", do qual o senhor me ouviu falar certa vez; o que há dentro do círculo é, simplesmente, um pedaço de carvão.

– Carvão... mágico?

O doutor sorriu.

– Não exatamente mágico: é um disco de bétula carbonizado numa copela, sem contato com o fogo, para impedir que se desagregue. Depois de muitas tentativas, consegui isso nas condições exigidas, ou seja, liso.

– Não é nada mais que carvão?

– Nada mais que isso.

– E que aplicação tem, doutor?

– Uma muito importante; deixe-me explicar-lhe a teoria e logo verá.

Permaneceu em silêncio por um instante como que para reunir suas ideias, escolhendo o ponto pelo qual desejava atacar o argumento, e em seguida:

– O senhor já observou com que prazer os gatos se revolvem no carvão?

– De fato.

– E sabe de onde vem tal propensão? Da necessidade – acrescentou sem me dar tempo de responder –, da necessidade que têm de desprender a excessiva eletricidade que os incomoda. O carvão absorve com grande força o fluido animal, segundo pude comprovar; impregna-se dele, e, visto que o pensamento é eletricidade – como acredito e o senhor sabe –, nada mais fácil que supor um disco de carvão impregnado de pensamento. O espelho das bruxas era uma aplicação dessas observações. Inclinado sobre ele, algum apaixonado ausente – para prosseguir com a lenda – via a pessoa amada com tanta perfeição como se estivesse bem diante dela. O pensamento evocador chamava o pensamento evocado, que geralmente andava pelas cercanias; é sabido que a analogia dos sentimentos influi na conjunção das ideias. O amante em questão pensava *em direção* à sua amada, e esta *em direção* a ele. Superexcitado, o pensamento daquele, por exemplo, atraía seu afim, que vagava pelas imediações, como eu disse, para o raio de ação do espelho. Este ficava carregado, saturado, e sobre a superfície começava a flutuar, por assim dizer, a sobra não absorvida, fazendo-se visível por contraste com a opacidade do carvão. Meu aparelho não é nem mais nem menos que uma bugiganga de bruxaria.

– Maravilhoso, doutor!

– Maravilhoso, concordo, mas não sobrenatural; qualquer um poderia fazer isso como eu, e se não fazem é porque não querem.

– E em que condições se deve proceder?

– Obtendo a placa perfeitamente uniforme, a pessoa se senta diante dela, num aposento tranquilo, e evoca com intensidade aquele cuja aparição deseja. As imagens não demoram a surgir.

– Se for só isso, doutor – disse eu com vivacidade –, estou disposto a experimentar seu aparelho; mas diga-me antes a natureza das visões, para eu saber a que me ater.

– Seria impossível, porque o grau de intensidade e as formas diferem para cada indivíduo. À medida que o senhor for vendo, comunique-me suas impressões, e eu procurarei explicá-las no que for possível. No entanto, posso adiantar-lhe alguma coisa.

– Diga, doutor.

– Os pensamentos de devoção manifestam-se em forma de nuvenzinhas azuis, chegando até a assumir formas de cravos e margaridas; as inspirações místicas são de cor dourada; as efusões de amor puro, rosadas ou púrpuras; as de amor ciumento, verdes; uma ideia de ódio apresentará coloração vermelho-escura; a ira se reconhece pela mescla de escarlate e amarelo. Além disso, existe a seguinte regra:

o pensamento organizado assume sempre forma regular, geométrica; a desordem caracteriza-se pela ausência de contornos precisos. É tudo o que posso lhe dizer para satisfazer sua curiosidade.

Sentei-me diante do espelho, num sofá. O doutor se mantinha de pé, atrás deste, para não me distrair, segundo me disse. Depois de ter divagado um momento, ocorreu-me pensar, não sei por qual estranha disposição de espírito, em certo criminoso que eu tivera a oportunidade de ver dois anos antes, quando o tiravam da prisão para ser executado. Tentei descartar a ideia, mas foi impossível, e por fim me convenci de que não conseguiria pensar fixamente em outra coisa.

– E se eu pensar num morto, doutor?

– Dá no mesmo: mas o senhor não poderá comprovar a exatidão de suas visões, fixando a hora em que se realizarem, para averiguar se correspondem aos atos praticados nessa hora pela pessoa evocada.

– Não me interessa a comprovação "exata" – respondi. – Sou um tanto incorreto nessa coisa de ciência. Se o senhor me garantir que as tais visões não serão produzidas por sugestão hipnótica vulgar, é o que me basta.

– Dou-lhe minha palavra de honra: isso não tem nada a ver com hipnose.

– Perfeitamente; mãos à obra, então.

Fixei de novo o olhar sobre o disco, começando em seguida a evocação. Eram em torno de cinco horas, e pelas janelas abertas a luz entrava com toda a comodidade. A tarde era tranquila e quente, sem rumor de vento, sem nenhum sussurro da folhagem. Eu ouvia às minhas costas a respiração mansa do doutor.

Alguns minutos depois, a placa de carvão pareceu arquear-se, imitando a boca de um funil sobre profundezas desconhecidas. Atribuí isso ao cansaço dos olhos e começava a me distrair da evocação quando tive a impressão de notar a presença de vaga fumarada emergindo do fundo.

Minha atenção se reavivou.

Efetivamente, algumas formas tênues, imprecisas, desvaneciam-se no negror. Apagaram-se, surgiram outra vez, mas tão sutis que me foi impossível capturá-las. As trevas voltaram a reinar naquele abismo. Se eu tiver de especificar minhas sensações, direi que essa escuridão produzia uma inexplicável impressão de medo. Era, ao mesmo tempo, a sombra do abismo, a vertigem das profundezas marinhas, a desolação do deserto e ainda algo mais, algo que era o desespero.

De repente, uma nuvem vermelha se ergueu do fundo, eriçada como o dorso de uma fera monstruosa. Atravessada pelo furacão, subia na escuridão lançando não sei que ameaças de baixo, mais terrível em seu aspecto disforme, em seu imenso volume de cidade suspensa. E, quando tinha ocupado a extensão escura, abriu-se em duas partes, dando a perceber sobre a espantosa brecha uma cabeça pálida.

Todos os pesadelos fúnebres, todas as visões infernais dos místicos, todos os horrores do crime pareciam ter se combinado para gerar aquela aparição. A cabeça nada tinha de monstruosa, sendo isso, justamente, o mais terrível: era uma cabeça humana; mas os olhos semicerrados, a barba da cor do pó, a testa em que sem dúvida galopavam terrores sobre-humanos, os pômulos esverdeados, fosforescentes, como o abdômen de um peixe morto, a boca imobilizada em lúgubre torção, velha, velha de cem, de mil, de 20 mil anos, tudo aquilo esmagava o cérebro. Um horror de eternidade vagava no olhar do aparecido, que me envolvia sem me ver; olhar de vidro cuja fixidez expressava solidões enormes.

Era o mesmo homem morto de minha evocação, o criminoso, o executado. Não cabia dúvida. Dava até para notar em sua sobrancelha esquerda certa cicatriz que os jornais mencionavam ao descrevê-lo.

A nuvem carmesim continuava a crescer, como um nimbo diabólico em torno da cabeça espectral, que ia adquirindo nitidez sinistra, parecendo sair da escuridão, quase tocando minhas bochechas com sua barba.

A impressão foi tão poderosa que, involuntariamente, eu quis me jogar para trás. Uma torre de labaredas imensas desabou sobre a aparição, e naquele relâmpago breve, inapreensível, vi um mundo de gerações ardendo, abaixo...

A mão do doutor caiu nervosamente sobre meu ombro.

– Basta, basta, pelo amor de Deus! – eu o ouvi exclamar.

E tinha razão para tal súplica: ali, a dois passos de nós, na penumbra crepuscular do aposento, o espelho negro, o disco de carvão, estava ardendo.

O soldado Jacob
Medeiros e Albuquerque

[1898]

Entre as realizações de MEDEIROS E ALBUQUERQUE (1867-1934) está a letra do hino da proclamação da República do Brasil, ganhando um concurso lançado pelo então presidente Deodoro da Fonseca em 1890. Mas a obra desse autor, que transitou com vigor entre o simbolismo, a narrativa decadentista e o parnasianismo, vai bem além disso. Foi, igualmente, um autor dedicado a temas do ensino e da educação brasileira.

O soldado Jacob foi publicado na primeira coletânea de narrativas breves do autor, intitulada *Um homem prático* (1898).

PARIS, 3 DE DEZEMBRO DE...

Não lhes farei uma crônica de Paris, porque, enfastiado de rumor e movimento, tranquei-me no meu simples aposento de estudante e lá fiquei durante duas semanas. É verdade que esse tempo foi bastante para cair um ministério e subir outro. Mas, quer a queda, quer a subida, nada têm de interessante. Assim, limito-me a contar-lhes uma visita que fiz ao Hospital da Charité, da qual me ficou pungente recordação.

O Hospital da Charité é dirigido pelo célebre psiquiatra dr. Luys, cujos estudos recentes sobre o magnetismo tanta discussão têm provocado. De fato, o ilustre médico tem ressuscitado, com o patrocínio do seu alto valor científico, teorias que pareciam definitivamente sepultadas. Não é delas, porém, que lhes quero falar.

Havia no hospital, há 23 anos, um velho soldado maníaco, que eu, como todos os médicos que frequentam o estabelecimento, conhecia bastante. Era um tipo alto, moreno, anguloso, de longos cabelos brancos. O que tornava extraordinária a sua fisionomia era o contraste entre a tez carregada, os dentes e os cabelos alvíssimos, de um branco de neve imaculada, e os indescritíveis olhos em fogo, ardentes e profundos. A neve daqueles fios alvos derramados sobre os ombros e o calor daqueles olhos que porejavam brasas atraíam, invencíveis, a atenção para o rosto do velho.

Havia, porém, outra cousa para prendê-la mais. Constantemente, um gesto brusco e mecânico, andando ou parado, os seus braços encolhiam-se e estendiam-se, nervosos, repetindo alguma cousa que parecia constantemente querer cair para cima dele. Era um movimento de máquina, um solavanco rítmico de pistão, contraindo-se e distendendo-se, regular e automaticamente. Sentia-se bem, à mais simples inspeção, que o velho tinha diante de si um fantasma qualquer, qualquer, alucinação do seu cérebro demente – e forcejava por afastá-la. Às vezes, quando os seus gestos eram mais bruscos, o rosto assumia um paroxismo tal de pavor que ninguém se furtava à impressão terrificante de tal cena. Os cabelos ouriçavam-se sobre a sua cabeça (era um fenômeno tão francamente visível que nós o seguíamos com os olhos) e de todas as rugas daquele rosto amorenado desprendia-se um tal influxo de pavor e a face lhe tremia de tal sorte que, na sua passagem, bruscamente, fazia-se um silêncio de morte.

Os que entram pela primeira vez em uma clínica de moléstias mentais têm a pergunta fácil. Vendo fisionomias estranhas e curiosas, tiques e manias que julgam raras, multiplicam as interrogações, querendo tudo saber, tudo indagar. Geralmente as explicações são simples e parecem desarrazoadas. Uma mulher que se expande em longas frases de paixão e arrulha e geme soluços de amor, com grandes atitudes dramáticas, todos calculam, ao vê-la, que houve talvez, como causa de sua loucura, algum drama pungentíssimo.

Indagado, vem-se a saber que o motivo da sua demência foi alguma queda que interessou o cérebro. E esse simples traumatismo teve a faculdade de desarranjar de um modo tão estranho a máquina intelectual, imprimindo-lhe a mais bizarra das direções.

Assim, os que frequentam clínicas psiquiátricas por simples necessidade de ofício esquecem frequentemente esse lado pitoresco das cenas a que assistem e, desde que o doente não lhes toca em estudo, desinteressam-se de multiplicar interrogações a seu respeito. Era isto o que me tinha sucedido acerca do velho maníaco.

Ele tinha livre trânsito em todo o edifício; era visto a todo instante, ora aqui, ora ali, e ninguém lhe prestava grande atenção. Da sua história nunca me ocorrera indagar cousa alguma.

Uma vez, porém, eu vim a sabê-la involuntariamente.

Nós estávamos no curso. O professor Luys dissertava sobre a conveniência das intervenções cirúrgicas na idiotia e na epilepsia. Na sala estavam três idiotas: dois homens e uma mulher e cinco casos femininos de epilepsia. O ilustre médico discorria com a sua clareza e elevação habituais, prendendo-nos todos à sua palavra.

Nisto, entretanto, o velho maníaco, conseguindo iludir a atenção do porteiro, entrou. No seu gesto habitual de repulsa, cruzou a aula, afastando sempre o imaginário vulto do espectro, que a cada passo lhe parecia embargar o caminho. Houve, porém, um momento em que a sua fisionomia revelou um horror tão profundo, tão medonho, tão pavoroso que de um arranco as cinco epilépticas ergueram-se do banco, uivando de terror, uivando lugubremente como cães, e logo após atiraram-se por terra, babando, escabujando, entremordendo-se com as bocas brancas de espuma, enquanto os membros, em espasmos, agitavam-se furiosamente.

Foi de uma dificuldade extrema separar aquele grupo demoníaco, de que, sem tê-lo visto, ninguém poderá fazer uma ideia exata.

Só, entretanto, os idiotas, de olhos serenos, acompanhavam tudo, fitando sem expressão o que se passava diante deles.

Um companheiro, ao sairmos nesse dia do curso, contou-me a história do maníaco, chamado em todo o hospital o "soldado Jacob". A história era simplíssima.

Em 1870, por ocasião da guerra franco-prussiana, sucedera-lhe, em uma das pelejas em que entrara, rolar, gravemente ferido, no fundo de um barranco. Caiu sem sentidos, com as pernas diaceradas e todo o corpo chagado da queda. Caiu, deitado de costas, de frente para o alto, sem poder mover-se. Ao voltar a si, viu, porém, que tinha sobre si um cadáver que, pela pior das circunstâncias, estava deitado justamente sobre seu corpo, rosto a rosto, frente a frente.

Era a 20 metros ou mais abaixo do nível da estrada. O barranco constituía um extremo afunilado, do qual não havia meio de fugir. Não se podia afastar o defunto. Por força ele havia de descansar ali. Demais, o soldado Jacob, semimorto, não conservava senão o movimento dos braços e esse mesmo muito fraco. O corpo – uma chaga imensa – não lhe obedecia à vontade: jazia inerte.

Como deve ter sido medonha aquela irremissível situação!

Ao princípio, cobrando um pouco de esperança, ele procurou ver se o outro não estaria apenas desmaiado; e sacudiu-o vigorosamente – com o fraco vigor dos seus pobres braços tão feridos. Depois, cansado, não os podendo mais mover, tentou ainda novo esforço, mordendo o soldado caído em plena face. Sentiu, com uma repugnância de nojo sem nome, a carne fria e viscosa do morto – e ficou com a boca cheia de fios grossos da barba do defunto, que se haviam desprendido. Um pânico enorme gelou-lhe então o corpo, ao passo que uma náusea terrível revolvia-lhe o estômago...

Desde esse instante, foi um suplício que não se escreve – nem mesmo, seja qual for a capacidade da imaginação, se chega a compreender bem! O morto parecia enlaçar-se a ele; parecia abafá-lo com o peso, esmagá-lo debaixo de si, com uma crueldade deliberada. Os olhos vítreos abriam-se sobre os seus olhos, arregalados em uma expressão sem nome. A boca assentava-se sobre a sua boca, num beijo fétido, asqueroso...

Para lutar, ele só tinha um recurso: estender os braços, suspendendo a alguma distância o defunto. Mas os membros cediam ao cansaço e vinham, aos poucos, descendo, descendo, até que de novo as duas caras se tocavam. E o horrível era a duração dessa descida, o tempo que os braços vinham vergando de manso, sem que ele, cada vez sentindo mais a aproximação, pudesse evitá-la! Os olhos do cadáver pareciam ter uma expressão de mofa. Na boca, via-se a língua empastada, entre coalhos negros de sangue, e a boca parecia ter um sorriso hediondo de ironia...

—

Quanto durou esta peleja? Poucas horas talvez, para quem as pudesse contar friamente, longe dali. Para ele, foram eternidades.

O cadáver teve, entretanto, tempo de começar a sua decomposição. Da boca, primeiro às gotas e depois em fio, começou a escorrer uma baba esquálida, um líquido infecto e sufocante que molhava a barba, a face e os olhos do soldado, deitado sempre, e cada vez mais forçosamente imóvel, não só pelas feridas, como também pelo terror, de instante em instante mais profundo.

Como o salvaram? Por acaso. A cova em que ele estava era sombria e profunda. Soldados que passavam, suspeitosos de que houvesse ao fundo algum rio, atiraram uma vasilha amarrada a uma corda. Ele sentiu o objeto, puxou-o repetidas vezes, dando sinal da sua presença, e foi salvo.

Nos primeiros dias, durante o tratamento das feridas, pôde contar o suplício horroroso por que passara. Depois, a lembrança persistente da cena encheu-lhe todo o cérebro. Vivia a afastar diante de si o cadáver recalcitrante, que procurava sempre abafá-lo de novo sob o seu peso asqueroso...

—

Anteontem, porém, ao entrar no hospital achei o soldado Jacob preso num leito, com a camisola de força, procurando em vão agitar-se, mas com os olhos mais acesos do que nunca – e mais que nunca com a fisionomia contorcida por um terror inominado e louco.

Acabava de estrangular um velho guarda, apertando-o contra uma parede, com o seu gesto habitual de repulsa. Arrancaram-lhe a vítima das mãos assassinas, inteiramente inerte – morta sem que tivesse podido proferir uma só palavra.

Irmã Aparición
Emilia Pardo Bazán

Título original
Sor Aparición [1896]

Tradução
Tamara Sender

A condessa de Pardo Bazán, mais conhecida como EMILIA PARDO BAZÁN (1851-1921), foi uma notável expoente do realismo e do naturalismo na Espanha por sua ativa produção de romances, contos, poesia, dramaturgia, crítica literária e ensaio. Praticamente introduziu o naturalismo na Espanha, ao trazer os debates em torno do romance experimental do francês Émile Zola para o país. Teve destaque também na luta pelos direitos das mulheres, especialmente na obrigatoriedade da instrução feminina universal.

Como no caso do próprio Zola, adotou uma perspectiva contundente, complexa e perturbadora para a percepção daquilo que escapava da lógica dos sentidos ou da normalização social. Seu conto *Irmã Aparición* foi publicado pela primeira vez em 1896 no jornal madrilenho *El Imparcial* e incluído na coletânea *Cuentos de Amor* (1898).

NO CONVENTO DAS CLARISSAS DE S***, ATRAVÉS DA dupla grade baixa, vi uma freira prostrada, em adoração. Estava de frente para o altar-mor, mas tinha o rosto colado ao chão, os braços estendidos em cruz, e mantinha imobilidade absoluta. Não parecia mais viva que o vulto imóvel de uma rainha ou uma princesa cujos mausoléus de alabastro adornavam o coro. De repente, a freira prosternada se aprumou, sem dúvida para respirar, e pude distinguir suas feições. Notava-se que devia ter sido muito bonita na juventude, tal como se sabe que certos muros arruinados foram palácios esplêndidos. A freira poderia ter tanto 80 anos como 90. Seu rosto, de um amarelo sepulcral, a cabeça trêmula, a boca macilenta, as sobrancelhas brancas revelavam esse grau supremo da velhice em que a passagem do tempo chega a ser imperceptível.

O singular daquele rosto espectral, que já pertencia a outro mundo, eram os olhos. Desafiando a idade, conservavam estranhamente seu fogo, seu intenso negror, e uma violenta expressão apaixonada e dramática. A mirada de tais olhos não podia nunca ser esquecida. Olhos vulcânicos como esses seriam inexplicáveis numa freira que tivesse entrado no claustro oferecendo a Deus um coração inocente; denunciavam um passado tempestuoso; emitiam a luz sinistra de alguma terrível lembrança. Senti uma ardente curiosidade, sem esperar que a sorte me fizesse deparar com alguém que conhecesse o segredo da religiosa.

O acaso serviu à medida do meu desejo. Na mesma noite, na mesa redonda da hospedaria, travei conversa com um cavaleiro maduro, muito comunicativo e de uma perspicácia acima da média, desses que sentem prazer de inteirar um forasteiro. Lisonjeado por meu interesse, me abriu de par em par o arquivo de sua feliz memória. Assim que mencionei o convento das Clarissas e falei da impressão especial que o olhar da freira me causava, meu guia exclamou:

– Ah! Irmã Aparición! Posso imaginar, posso imaginar... Tem um não sei quê nos olhos... A história dela está escrita ali. Por incrível que pareça, os dois sulcos das bochechas, que de perto parecem rios, foram abertos pelas lágrimas. Chorar por mais de quarenta anos! Já corre água salgada em tantos dias... Acontece que a água não apagou as brasas de seu olhar... Pobre irmã Aparición! Posso revelar à senhora a essência da vida dela melhor que ninguém, porque meu pai a conheceu moça e acho até que sentiu umas pontadas de amor... Pois ela era uma deusa!

– No mundo secular, a irmã Aparición se chamava Irene. Seus pais eram gente nobre, ricos de povoado; tiveram vários filhos, mas os perderam, e concentraram em Irene o carinho e o mimo de filha única. O povoado onde nasceu se chama A***. E o Destino, que com os lençóis do berço começa a tecer a corda que há de nos enforcar, fez com que nesse mesmo povoado viesse à luz, alguns anos antes que Irene, o famoso poeta...

Lancei uma exclamação e pronunciei, adiantando-me ao narrador, o glorioso nome do autor de *Arcanjo maldito*, talvez o mais genuíno representante da febre romântica; nome que leva em suas sílabas um eco de arrogância desdenhosa, de zombeteiro desdém, de ácida ironia e de nostalgia desesperada e blasfemadora. Aquele nome e aquele olhar da religiosa se confundiram na minha imaginação, sem que ainda um me desse a chave do outro, mas já anunciando, ao aparecerem unidos, um drama do coração desses que fazem jorrar sangue vivo.

– Esse mesmo – repetiu meu interlocutor –, o célebre Juan de Camargo, orgulho do povoadinho de A***, que não tem águas minerais nem santo milagroso, nem catedral, nem lápides romanas, nem nada notável a mostrar aos que o visitam, mas repete, envaidecido: "Nessa casa da praça nasceu Camargo".

– Vamos – interrompi –, já entendi; a irmã Aparición... digo, Irene, se apaixonou por Camargo, ele a rejeitou, e ela, para esquecer, entrou no claustro...

– Shhh! – exclamou o narrador, sorrindo. – Espere, espere, que tem mais...! Isso se vê todo dia; nem valeria a pena contar. Não; o caso da irmã Aparición dá o que falar. Paciência, que já chegaremos ao fim.

– Quando menina, Irene tinha visto mil vezes Juan de Camargo, sem nunca lhe dirigir a palavra, porque ele já era rapaz e muito arredio e retraído: nem com os outros garotos do povoado se juntava. Na época em que Irene rompeu seu casulo, Camargo, órfão, já estudava leis em Salamanca, e só vinha para a casa de seu tutor nas férias. Durante um verão, ao entrar em A***, o estudante levantou por acaso os olhos em direção à janela de Irene e reparou na moça, que fixava nele os seus... uns olhos cativantes, dois sóis negros, tal como a senhora os vê ainda agora. Camargo puxou as rédeas do cavalo de aluguel para se entreter com aquela beleza soberana; Irene era um assombro de tão bonita. Mas a moça, fulgurante como uma papoula, retirou-se da janela, fechando-a de uma vez. Naquela mesma noite, Camargo, que já começava a publicar versos em jornaizinhos, escreveu alguns, lindos, retratando o efeito que a vista de Irene lhe havia produzido ao chegar ao povoado... E, envolvendo uma pedra com os versos, ao anoitecer disparou-a contra a janela de Irene. O vidro se quebrou, e a moça pegou o papel e leu os versos, não uma vez, mas cem, mil; ela os bebeu, fartando-se deles. No entanto, aqueles versos, que não figuram na coleção de poemas de Camargo, não eram declaração de amor, mas sim algo raro, uma mistura de queixa e imprecação. O poeta lamentava que a pureza e o encanto da menina da janela não tivessem sido feitos para ele, que era um réprobo. Se ele se aproximasse, faria aquele lírio murchar... Depois do episódio dos versos, Camargo não deu sinais de se lembrar de que Irene existia no mundo, e em outubro foi a Madri. Começava o período agitado de sua vida, as aventuras políticas e a atividade literária.

– Desde que Camargo partiu, Irene entristeceu-se, chegando a adoecer de paixão da alma. Seus pais tentaram distraí-la; levaram-na por algum tempo a Badajoz, fizeram-na conhecer jovens, participar de bailes; teve admiradores, ouviu elogios... mas não melhorou de humor nem de saúde.

– Só conseguia pensar em Camargo, a quem se aplicava o que diz Byron de Lara: que os que o viam não o viam em vão; que sua lembrança acorria sempre à memória; pois homens assim lançam um desafio ao desdém e ao esquecimento. A própria Irene não pensava estar apaixonada, julgava-se apenas vítima de um feitiço, emanado daqueles versos tão sombrios, tão estranhos. O fato é que Irene tinha aquilo que agora chamam obsessão, e a toda hora via Camargo *aparecer*, pálido, sério, os cabelos cacheados sombreando a fronte pensativa... Os pais de Irene, ao observarem que sua filha morria minada por um padecimento misterioso, decidiram levá-la à corte, onde há grandes médicos a consultar e também grandes distrações.

– Quando Irene chegou a Madri, Camargo já era célebre. Seus versos, fogosos, altaneiros, de sentimento forte e exaltado, faziam escola; suas aventuras e genialidades despertavam comentários. Sempre a sua volta, um bando de perdidos, de boêmios despreocupados e engenhosos, inventava toda noite novas diabruras, atrapalhava o sono dos honrados vizinhos, realizava proezas orgíacas a que aludem certos poemas blasfemos e obscenos, que alguns críticos afirmam não terem sido escritos por Camargo. As bebedeiras e a libertinagem se alternavam com as sessões nas lojas maçônicas e nos comitês; Camargo já preparava o caminho da emigração. A provinciana e cândida família de Irene não estava inteirada disso; e, como se encontraram com Camargo na rua, cumprimentaram-no alegres, já que afinal ele era *de lá*.

– Camargo, outra vez surpreso com a beleza de Irene, notando que ao vê-lo se tingiam de púrpura as descoradas bochechas de uma menina tão linda, acompanhou-os, e prometeu visitar seus vizinhos. Os pobres camponeses ficaram lisonjeados, e sua satisfação aumentou ao notarem que dali a poucos dias, tendo Camargo cumprido sua promessa, Irene renascia. Desconhecedores da crônica, viam em Camargo um possível genro, e aceitaram que aumentasse a frequência das visitas.

– Vejo em seu rosto que a senhora acredita adivinhar o desfecho... Verá que não. Irene, fascinada, transtornada, como se tivesse bebido suco de ervas, demorou, no entanto, seis meses para aceitar uma conversa a sós, na própria casa de Camargo. A honesta resistência da menina levou os amigos perdidos do poeta a zombar dele, e o orgulho, que é a raiz venenosa de certos romantismos, como o de Byron e o de Camargo, inspirou este a uma aposta, uma represália satânica, infernal. Pediu, implorou, se afastou, voltou, provocou ciúmes, fingiu planos de suicídio, e tanto fez que Irene, passando por cima de tudo, aceitou comparecer ao perigoso encontro. Graças a um milagre de coragem e de decoro, saiu de lá pura e imaculada, e Camargo foi alvo de uma chacota que o enlouqueceu de raiva.

– No segundo encontro as forças de Irene se esgotaram; sua razão se obscureceu e ela foi vencida. E quando, confusa e trêmula, jazia, cerrando as pálpebras, nos braços do infame, este exalou uma estrepitosa gargalhada, abriu as cortinas, e Irene viu que a devoravam os olhos impuros de oito ou dez homens jovens, que também riam e aplaudiam ironicamente.

– Irene se levantou, deu um pulo e, sem se cobrir, com os cabelos soltos e os ombros nus, lançou-se escada abaixo até a rua. Chegou em casa seguida por uma turba de moleques que lhe atiravam lama e pedras. Jamais aceitou dizer de onde tinha vindo nem o que lhe havia acontecido. Meu pai descobriu isso porque por acaso era amigo de um dos que participaram da aposta de Camargo. Irene sofreu uma febre de sete dias em que esteve desenganada; assim que se recuperou, entrou neste convento, o mais longe possível de A***. Sua penitência espantou as freiras: jejuns inacreditáveis, misturar o pão com cinzas, passar três dias sem beber; as noites de inverno, descalça e de joelhos em oração; disciplinar-se, usar uma argola no pescoço, uma coroa de espinhos sob a touca, um cilício na cintura...

– O que mais edificou suas companheiras que a tomam por santa foi o choro contínuo. Contam – mas pode ser lenda – que uma vez encheu de pranto a tigela de água. E há quem diga que de repente os olhos dela ficaram secos, sem uma lágrima, e brilhando daquele modo que a senhora notou! Isso aconteceu há mais de vinte anos; os devotos acreditam que foi o sinal do perdão de Deus. No entanto, a irmã Aparición, sem dúvida, não se considera perdoada, porque, feito uma múmia, continua jejuando e prostrando-se e usando o cilício de cerda...

– Deve estar fazendo penitência por dois – respondi, surpresa com a falta de perspicácia do meu cronista nesse ponto da história. – Pensa o senhor que a irmã Aparición não se lembra da alma infeliz de Camargo?

Um sonho
Edgar Allan Poe

Título original
A Dream **[1831]**

Tradução
Fábio Bonillo

EDGAR ALLAN POE (1809-1849), poeta, contista, ensaísta e crítico nascido em Boston, foi um dos "pais fundadores" da literatura dos Estados Unidos em diversas áreas, da crítica literária ao conto. Sua influência ultrapassou fronteiras; ele antecipou as teorias simbolistas com elaborados poemas, a narrativa policial (e mesmo a ideia de investigação racional das evidências de um crime), enquanto o sombrio tom psicológico de seus contos parece lançar as bases seja da ficção de Dostoiévski, seja do surrealismo. As tonalidades abissais e tenebrosas que dominam sua narrativa redimensionaram o fantástico e o impulsionaram para novos horizontes, alguns em pleno século XX e mesmo XXI.

O conto *O sonho* (quase uma breve vinheta, dominada por um princípio de composição imagético) foi publicado no *Saturday Evening Post*, da Filadélfia, em 13 de agosto de 1831. Por um bom tempo, esse texto (nunca mencionado ou assumido por Poe) foi alvo de debates nos meios acadêmicos, no que tange à possibilidade de ser incluído ou não no cânone oficial do autor. Apesar de as divergências sobre a autoria do conto persistirem, a poderosa sugestão de catástrofes presente no conto parece pertencer indubitavelmente ao universo de Poe.

FAZ JÁ ALGUNS DIAS, RECOLHI-ME PARA MEU DEScanso noturno. Pegara o hábito, ao longo dos últimos anos, de folhear passagens das Escrituras antes de cerrar os olhos ante o torpor do sono. Foi o que fiz naquela noite. Por acaso, deitei os olhos no trecho em que a inspiração registra as morredouras agonias do Deus da Natureza. Pensamentos tais e as cenas que se seguem à sua entrega da alma perseguiram-me sono adentro.

Certamente há algo de misterioso e incompreensível na maneira como as descabidas veleidades da imaginação com frequência se conciliam; mas explicá-las é antes mister do fisiologista que do desarrazoado "sonhador".

Vi-me como um fariseu que retornasse da cena das abluções. Eu ajudara a cravar os pregos mais pontiagudos nas palmas d'Aquele que pendia da cruz, no espetáculo do mais amargo infortúnio que a mortalidade já sentiu. Pude ouvir o gemido que transpassou sua alma à medida que o ferro áspero lhe moía os ossos a cada golpe que eu desferia. Afastei-me alguns passos do local da execução e olhei à minha volta em busca do meu mais ferrenho inimigo. O Nazareno ainda não estava morto: a vida persistia no manto de argila como se temesse trilhar sozinha o vale da morte. Pensei ter visto a fria perspiração que brota na fronte dos moribundos, que na dele agora formava grandes gotas. Pude ver cada músculo fremir; vi o olho, que começou a perder seu lustro no olhar pasmo do cadáver. Pude ouvir o gorgolejo em sua garganta. Um só instante, e a cadeia da existência estava rompida, e um elo caía na eternidade.

Virei-me e vaguei a esmo, até chegar ao centro de Jerusalém. A pouca distância se erguiam os imponentes torreões do templo; seu telhado dourado refletia raios tão brilhantes quanto a fonte da qual emanavam. Fui dominado por uma sensação de orgulho consciente enquanto observava os vastos campos e as montanhas altivas que circundavam este que era o orgulho do mundo oriental. À minha direita assomava o monte das Oliveiras, coberto de arbustos e vinhedos; mais além, demarcando os confins da visão dos mortais, surgiam montanhas sobre montanhas; à esquerda estavam as belas planícies da Judeia; e julguei ser um retrato luminoso da existência humana a visão da pequena torrente do Cédron correndo por entre as campinas até o lago distante. Pude ouvir a alegre canção da formosa donzela a respigar nos distantes campos da messe; e, misturando-se aos ecos da montanha, o estridente apito da flauta do pastor se fazia ouvir, pois que chamava a ovelha desgarrada de volta ao redil. Uma beleza sublime havia se lançado sobre os seres animados.

Mas "logo ocorreu uma mudança no espírito do meu sonho". Senti um frio súbito dominar-me. Voltei-me instintivamente para o Sol e vi uma mão cobri-lo vagarosamente com um manto de crepe. Busquei estrelas; mas cada uma delas parara de cintilar, pois a mesma mão as velara com o emblema do luto. A Lua argêntea não despontava nas morosas ondas do mar Morto, enquanto entoavam o rouco réquiem das Cidades da Planície; a Lua escondeu a face, como se temesse olhar para aquilo que provocava à Terra. Ouvi um gemido abafado, conforme o espírito das trevas estendia as asas sobre um mundo abismado.

Fui então arrebatado por um desespero indizível. Pude sentir o fluxo da vida rolar com vagar de volta para sua fonte, enquanto me dominava o temeroso pensamento de que o dia da retribuição havia chegado.

De repente, eu estava diante do templo. O véu, que ocultava seus segredos do olhar dos ímpios, estava agora rasgado. Espreitei por um momento: no altar se encontrava o padre oferecendo um sacrifício expiatório. O fogo, que havia de abrasar os membros mutilados da vítima, brilhou por um instante nas paredes distantes e depois se extinguiu em total escuridão. Ele se virou para reavivá-lo no castiçal candente; mas este, também, desaparecera – estava tudo calado feito um sepulcro.

Virei-me e corri para a rua. Estava deserta. Nenhum som rompia o silêncio, salvo o uivo do cão bravio, que se refestelava no cadáver que chamuscava naquela geena. Avistei um facho de luz vindo de uma janela distante e para lá me dirigi. Olhei pela porta aberta. Uma viúva preparava para seu bebê moribundo o último alimento que conseguira apanhar. Ela acendera uma pequena fogueira, e vi com que completa desesperança ela contemplava a chama apagar-se como suas próprias esperanças malogradas!...

A treva cobriu o Universo. A Natureza pranteou, pois seu pai havia morrido. A Terra vestira a indumentária do pesar, e os céus trajaram a túnica fúnebre. Eu agora deambulava tomado pela inquietação, sem dar notícia de meu destino. Logo uma luz surgiu no Oriente. Uma coluna de luz rasgou as trevas, tal como um feixe luminoso fulgura sobre a escuridão de um poço, e alumiou o grave breu que me cercava. Havia uma abertura no vasto arco da imensidão do céu. Com olhos inquiridores, para ela me virei.

Bem ao longe na vastidão do espaço, a uma distância que só poderia ser mensurada por uma "linha que corresse paralelamente à eternidade", apareceu ainda espantosamente claro e nítido o mesmo homem que eu vestira com o arremedo púrpura da realeza. Ele agora trajava o manto do Rei dos Reis. Estava sentado em seu trono; mas tal não era um trono de pureza. Havia luto no céu; pois, estando todos os anjos ajoelhados diante dele, vi que a grinalda de amaranto imortal que costumava cingir sua fronte era agora de cipreste.

Virei-me para averiguar aonde havia chegado. Estava no campo-santo do monarca de Israel. Pasmei-me quando os torrões que cobriam os ossos rotos de algum tirano começaram a se mover. Mirei o local onde o último monarca havia repousado, em todo o esplendor e fausto da morte, e o monumento esculpido começou a tremer. Logo veio abaixo, e dele saiu o inquilino da cova. Era uma forma hedionda, extraterrena, que nem Dante em seus mais desenfreados voos de imaginação teria conjurado. Não consegui me mexer, pois o pavor me tolhia o arbítrio. Ela se aproximou. Vi as larvas se retorcerem nas mechas emaranhadas que cobriam parte do crânio apodrecido. Os ossos rilhavam ao se moverem nas articulações, porque carne já não havia. Ouvi aquela música horrenda à medida que a paródia da reles mortalidade continuava a caminhar. Veio até mim e, ao passar, soprou diretamente no meu rosto a fria umidade daquela sua morada solitária e estreita. O abismo nos céus se fechou; e, com um calafrio convulsivo, despertei.

Ensaio – Adeus, mistérios
Guy de Maupassant

Título original
Adieu mystères [1881]

Tradução
**Paulina Wacht e
Ari Roitman**

Apesar da vida curta, GUY DE MAUPASSANT (1850-1893) teve uma vastíssima produção como jornalista e poeta, mas sobretudo como contista. Apadrinhado por Flaubert, frequentou o meio literário, embora tenha tentado várias vezes fugir dele em suas diversas viagens pelo mundo – das quais sempre trazia um novo volume de contos. Foi muito lido ainda em vida, e sua maneira de escrever contos foi definitiva na literatura francesa.

Este pequeno ensaio foi publicado pela primeira vez no periódico *Le Gaulois*, em 8 de novembro de 1881.

QUE VERGONHA PARA OS ATRASADOS, PARA AS PESsoas que não pertencem ao seu século!

A humanidade sempre foi dividida em dois tipos de gente, os que puxam para a frente e os que puxam para trás. Às vezes, aqueles vão rápido demais; mas estes últimos só querem retroceder, e assim paralisam os primeiros, atrasam o pensamento, travam a ciência, retardam a marcha sagrada do conhecimento humano.

E são muitos esses inflexíveis, esses petrificados, esses que impedem a sondagem dos mistérios do mundo: velhos senhores e velhas damas, atados a uma moral infantil, uma religião cega e tola, em princípios grotescos, pessoas da ordem da raça das tartarugas, genitores de todos esses jovens elegantes com cérebro de passarinho, assobiando as mesmas canções de geração em geração, cuja imaginação consiste apenas em distinguir o que é chique do que não é. Um assassino, um soldado traidor, qualquer criminoso, por mais monstruoso que seja, me parece menos odioso, é menos meu inimigo natural, instintivo, que esses retardatários míopes que jogam nas pernas dos que correm para a frente os seus velhos preconceitos, as doutrinas antiquadas dos nossos antepassados, a ladainha das bobagens lendárias, das bobagens inextirpáveis que repetem como uma oração.

Vamos adiante, sempre adiante, derrubando as falsas crenças, abatendo as tradições incômodas, destruindo as doutrinas seculares sem nos preocupar com as ruínas. Outros virão para demoli-las; depois outros reconstruirão; mais tarde, outros ainda voltarão a destruir; e sempre haverá outros para reerguer. Pois o pensamento avança, trabalha, dá à luz; tudo se gasta, tudo passa, tudo muda, tudo se modifica. As ideias não têm uma natureza mais imortal que a dos homens, animais e plantas. E, no entanto, como somos tentados tão amiúde por esse amor culpado às velhas crenças que sabemos que são mentirosas e nocivas!

—

Tal como um templo de novas religiões, um templo aberto a todos os cultos, a todas as manifestações da ciência e da arte, o Palácio da Indústria mostra todas as noites às multidões perplexas descobertas tão surpreendentes que a velha palavra sempre balbuciada na origem das superstições, a palavra "milagre", nos vem instintivamente aos lábios.

O raio cativo, o raio dócil, o raio que a natureza fez destrutivo, agora tornado útil pelas mãos do homem; o esquivo empregado como força, transmitindo à distância o som, o som, essa ilusão do ouvido humano que transforma em barulho as vibrações do ar. O imponderável remoendo a matéria, e a luz, uma luz prodigiosa, regulada, dividida, controlada por nossa vontade, produzida por esse grande desconhecido cujo estrondo fazia os nossos pais caírem de joelhos: eis o que alguns homens, alguns trabalhadores silenciosos, nos fazem ver.

Saímos de lá cheios de uma admiração entusiasta.

Pensamos: "Mais mistérios; tudo o que é inexplicável será explicado algum dia; o sobrenatural se esvazia como um lago que deságua num canal; a ciência, a toda hora, empurra os limites do maravilhoso para trás".

O maravilhoso! Antigamente cobria toda a Terra. Era com ele que educávamos as crianças: o homem se ajoelhava diante dele; o velho, à beira da sepultura, tremia, perdido ante as concepções da ignorância humana.

Mas vieram os homens, primeiro os filósofos, depois os sábios, e entraram com ousadia na floresta espessa e temível das superstições; cortaram árvores sem descanso, abrindo caminhos, primeiro, para permitir que outros viessem; depois começaram a desmatar com raiva, limpando, fazendo um vazio, uma clareira, uma várzea em torno desse bosque terrível.

A cada dia eles cerram fileiras, expandindo as fronteiras da ciência: e essa fronteira da ciência é o limite dos dois campos. De um lado, o conhecido que ontem era desconhecido; do outro, o desconhecido que será o conhecido amanhã. Essa floresta remanescente é o único espaço que ainda resta para os poetas e os sonhadores. Porque nós sempre temos uma necessidade invencível de sonhar; nossa antiga raça, acostumada a não entender, a não investigar, a não saber, em face dos mistérios que a circundam recusa a pura e simples verdade.

A explicação matemática de suas lendas seculares, de suas poéticas religiões, a deixa indignada como se fosse um sacrilégio! Ela se aferra aos seus fetiches, insulta os lenhadores, chama desesperadamente os poetas.

Andem rápido, ó poetas, só lhes resta um canto de floresta aonde podem nos levar. Ele ainda pertence a vocês; mas não se iludam, não tentem voltar ao que nós já exploramos.

Os poetas respondem: "O maravilhoso é eterno. Que importância tem a ciência reveladora se possuímos a poesia criativa! Somos inventores de ideias, inventores de ídolos, fabricantes de sonhos. Sempre levaremos os homens para lugares maravilhosos, habitados por seres estranhos que a nossa imaginação inventa".

Mas não. Os homens não mais os seguirão, ó poetas. Vocês não têm mais o direito de nos enganar. Não temos o poder de acreditar em vocês. Suas fábulas heroicas não nos iludem mais; seus espíritos, bons ou maus, nos fazem rir. Seus pobres fantasmas são insignificantes ao lado de uma locomotiva em movimento, com seus olhos enormes, sua voz estridente e o sudário de vapor branco que a circunda na noite fria. Os seus miseráveis duendezinhos estão pendurados no fio de telégrafo! Todas as suas bizarras criações nos parecem infantis e velhas, tão antigas, tão gastas, tão repetidas! Leio diariamente esses livros de exaltados frenéticos, de bardos obstinados, de recriadores de mistérios. Acabou, é o fim. As coisas não falam, não cantam, elas têm leis! A fonte murmura simplesmente a quantidade de água que dela emana!

Adeus, mistérios, velhos mistérios dos velhos tempos, velhas crenças de nossos pais, velhas lendas infantis, velhos cenários do velho mundo!

Agora nós passamos tranquilamente, com um sorriso de orgulho, diante do antigo raio dos deuses, o raio de Júpiter e de Jeová aprisionado dentro de garrafas!

Sim! Viva a ciência, viva o gênio humano! Glória ao trabalho desse pequeno animal pensante, que retira os véus da criação um por um!

O grande céu estrelado não nos surpreende mais. Conhecemos as fases da vida dos astros, as formas dos seus movimentos, o tempo que levam para lançar-nos sua luz.

A noite não nos assusta mais, para nós ela não tem fantasmas nem espíritos. Tudo que antes era chamado de fenômeno agora é explicado por uma lei natural. Não acredito mais nas histórias toscas dos meus pais. Chamo as milagreiras de histéricas. Eu raciocino, eu me aprofundo, eu me sinto livre de superstições.

Pois bem, apesar de mim mesmo, apesar da minha vontade e da alegria dessa emancipação, todos esses véus levantados me dão tristeza. Fico com a impressão de que despovoaram o mundo. De que suprimiram o Invisível. E tudo me parece mudo, vazio, abandonado!

Quando eu saio à noite, como gostaria de estremecer com essa angústia que faz as velhas se persignarem ao longo dos muros dos cemitérios e de salvar os últimos supersticiosos diante dos vapores estranhos dos pântanos e dos bizarros fogos-fátuos. Como eu gostaria de acreditar nessas coisas vagas e terríveis que imaginamos perceber passando nas sombras! Como as trevas da noite deviam ser mais negras no passado, repletas de seres fabulosos!

    E agora não podemos sequer respeitar o trovão, já que o vimos tão de perto, tão paciente e tão derrotado.

Posfácio
Alcebíades Diniz

ALCEBÍADES DINIZ tem mestrado, doutorado e pós-doutorado em Teoria e História Literária pela Universidade Estadual de Campinas, com estágio na Brunel University, em Londres.

AS ESTRANHEZAS INSUSPEITAS E INEXPUGNÁVEIS

Imagina-se que a modernidade dos séculos XX e XXI, dos helicópteros e aviões, dos satélites, dos sistemas de navegação, dos aparatos eletrônicos, exilou para um distante passado a ideia de uma expedição exploratória realmente perigosa. O planeta parece completamente mapeado, o que gera certo tédio, levando algumas pessoas mais aventureiras a se imporem, por vontade própria, restrições de conforto e segurança, em alguma aventura de fim de semana. Em 1959, foi em uma expedição desse tipo, de riscos controlados, que nove esquiadores soviéticos partiram para os montes Urais, naquele que ficou conhecido como o Incidente do Passo Dyatlov, batizado com o nome do líder do grupo, Igor Dyatlov. O objetivo era alcançar Otorten, uma montanha situada 10 quilômetros ao norte do local onde ocorreu o incidente; tratava-se de uma rota que, durante o inverno, era classificada como bastante difícil. Mas em pleno século XX partir em uma viagem de camping em condições relativamente adversas não deveria ser um grande problema. No entanto, 24 dias após o início da expedição, equipes de resgate encontraram, em Kholat Syakhl, as barracas de acampamento usadas pelo grupo destruídas. Ninguém dentro delas, tampouco sinais de ataque de algum agressor externo ou de qualquer tipo de fenômeno natural que pudesse explicar o desaparecimento. Os corpos foram localizados em uma linha reta que se afastava do acampamento, tendo por referência um antigo e gigantesco pinheiro, sob o qual estavam os primeiros dois cadáveres. Trajavam apenas as roupas de baixo, o que contrastava com o rigor do inverno que os cercava. Os últimos quatro esquiadores, localizados apenas em 4 de maio, estavam enterrados, sob 4 metros de neve, em uma ravina bem mais inacessível.

Inicialmente, as investigações pareciam levar à conclusão mais óbvia: as mortes teriam sido causadas por hipotermia, situação que tornaria o *mistério* restrito às motivações da fuga repentina dos esquiadores – pois eles saíram de suas barracas sem nenhuma proteção para o inverno do lado de fora, com temperaturas abaixo dos 20 graus negativos, impulsionados por *algo* provavelmente assustador. Mas a autópsia dos últimos quatro corpos encontrados revelou algo bem diferente: todos apresentavam extensas fraturas – dois deles no tórax e dois no crânio – que indicavam impactos de considerável violência, mesmo não apresentando nenhum sinal externo dessas feridas, que os médicos concluíram serem comparáveis àquelas produzidas por acidentes automobilísticos. Aliás, apenas um dos cadáveres trazia um ferimento externo considerável: faltava-lhe a língua.

A esse primeiro aperitivo do *mistério*, outros se somariam durante o processo de investigação – luzes estranhas, acusações contra a comunidade indígena local, radioatividade detectada em alguns dos corpos, o aparecimento de uma foto misteriosa tirada por uma das vítimas em seus instantes finais de vida etc. As autoridades soviéticas encerraram o inquérito, sem indicação conclusiva, em 1959, e a região foi fechada a expedições de esquiadores por três anos.

Alguns incidentes, por um motivo ou outro, tornam-se inacessíveis à racionalidade normalizadora aplicada usualmente aos fenômenos que nos cercam. Nesses momentos, a razão parece não ser suficiente para abarcar todas as possibilidades de uma realidade cambiante, selvagem, ou para expandir o controle humano sobre a angústia da existência e da falta de um significado absolutamente compreensível na realidade. O Incidente do Passo de Dyatlov, nesse sentido, tem uma estrutura narrativa que se assemelha a uma versão ainda mais pavorosa e perturbadora da série de televisão *Além da imaginação* (*The Twilight Zone*).

Se entendermos, como alguns teóricos – como a professora Suzi Frankl Sperber, em *Ficção e razão: uma retomada das formas simples* –, o próprio surgimento da narrativa como a confluência entre dois poderosos polos representados pelo mito e pelo conto de fadas, algumas histórias deste livro permanecem difíceis de situar, já que sua ambiguidade, sua irredutibilidade e sua impossibilidade categórica de oferecer um sentido para além de seu impenetrável mistério desafiam a ordem usual dos gêneros, a disposição das formas narrativas em categorias. Pois a sensação de inquietação que temos diante de uma história como a da tragédia dos esquiadores soviéticos nos Urais não está restrita a essa franja de realidade na qual temos eventos estranhos e inexplicáveis; todo um ramo da literatura explora o desconforto e a instabilidade da mente humana seja diante de uma realidade conturbada ou subvertida, seja diante da possibilidade sobrenatural. Esse tipo de construção ficcional, que lida com o desconhecido e o inexplicável, reunida aqui sob o título *Contos de assombro*, recebe vários nomes: literatura de terror, fantástica etc. Até mesmo a determinação de tais histórias em termos estéticos está longe de ser pacífica (seria uma *literatura*, uma ampla construção estética que atravessaria épocas e culturas? Um gênero? Um estilo? Um discurso? Uma ideologia? Uma forma de construção em termos temáticos, como a literatura policial?), e a expressão "contos de assombro", que usamos aqui, em certo sentido basta para evocar o efeito de estranheza insuperável que, como vimos, parece se transladar da própria realidade para a ficção, e vice-versa.

Se é bem verdade que muitas especulações a respeito da natureza ficcional da inquietação diante da realidade convencional surgiram já nos séculos XVIII e XIX, foi a crítica especializada no século XX – a partir de pressupostos impressionistas, surrealistas, existencialistas ou estruturalistas – que, retrospectivamente, determinou as formas, características e história do gênero; aliás, essa mesma crítica determinou de que maneira o conceito de gênero seria aplicado no caso da ficção de cunho fantástico – ou assombroso. De qualquer forma, existem muitos pontos de contato entre os estudos pioneiros de autores que faziam suas especulações sobre a construção de tramas nas quais a inquietação surgia dessa estranha forma de configuração imaginária do real – como H. P. Lovecraft (no estudo *O horror sobrenatural na literatura*) ou Adolfo Bioy Casares (que, ao lado de Jorge Luis Borges e Silvina Ocampo, foi o responsável pela compilação *Antologia da literatura fantástica*) – e estudos mais alentados e complexos, que constituem igualmente um amplo painel de posicionamentos contraditórios, indo de um escopo bastante amplo e de uma perspectiva filosófica e antropológica (caso do estudo pioneiro de Roger Caillois, *Au cœur du fantastique*, publicado em 1965), passando pela reflexão centrada nos gêneros literários e na estrutura narrativa (caso do mais célebre estudo teórico sobre essa literatura, *Introdução à literatura fantástica*, de Tzvetan Todorov, publicado em 1970), chegando até a especulações teóricas que já levam em conta o impacto do cinema e das narrativas audiovisuais na construção de uma percepção *contemporânea* do que seria o fantástico (como o trabalho ensaístico de David Roas, compilado no livro *A ameaça do fantástico*, de 2001).

Existem diversas tensões nessa amplíssima e multifacetada paisagem teórica, pontos de contato, divergências e pontos de estranhamento. No entanto, há uma noção que funciona como elo comum de todas essas teorizações: certo princípio de *origem* – Borges/Bioy Casares e Caillois buscam exemplos bastante ancestrais de ficção e arte fantástica em suas reflexões. Assim, como literatura, essas narrativas que lidam com o inexplicável teriam, se não surgido, se constituído como uma autoconsciência por volta do século XVIII. Pois o fantástico produzido antes desse período pressupunha um universo cultural no qual o sobrenatural era não apenas possível, mas corrente.

Foi a Revolução Industrial, por um lado, e o Iluminismo, por outro, que teriam pressionado, de forma decisiva, a cultura humana na direção dos princípios norteadores de racionalidade, controle e planejamento. Tal pressão, exercida de forma progressiva, levou a arte a uma busca por *alívio*, a uma reação diante desse recém-constituído império da factualidade, da causalidade. Assim, a retomada do conceito de *sublime* por filósofos como Edmund Burke e Immanuel Kant – que, na sua *Crítica do juízo* (1790), afirmaria que "a visão de tais eventos [raios e trovões, vulcões, tornados, as corredeiras de um poderoso rio] torna-se mais atrativa quanto mais assustadora for uma vez que estejamos em segurança" – foi contemporânea e alimentou o desenvolvimento de uma ficção baseada no *espanto*, notadamente aquele despertado por uma outra era, mais brutal e primitiva, na qual a racionalidade cedia frequentemente espaço ao *terror* sagrado. Tratava-se da ficção gótica, surgida na segunda metade do século XVIII e cultivada por autores como Horace Walpole, Charles Maturin, William Beckford, Matthew Lewis, Ann Radcliffe – as mulheres começaram a encontrar seu caminho na criação literária nesse período justamente pela via da ficção gótica. Logo o gótico se espalharia pelo resto da Europa e mesmo pelo Novo Mundo em formulações ainda mais frenéticas como aquelas que encontramos em Pétrus Borel ou em Charles Brockden Brown, o primeiro grande autor dos Estados Unidos.

Os romancistas góticos resgatavam um *efeito* do passado medieval, de seus terrores e fúria, por meio de uma ficção que buscava na sensação extrema do *sublime* (essa forma de apreciar o horror em segurança) a satisfação de seus leitores. Em certo aspecto, essa busca era bastante afetada pelo artificialismo da forma, uma teatralidade que sobrevivia ao sabor de convenções; as tramas labirínticas da arquitetura gótica eram evocadas, no romance do século XVIII, por truques superficiais – alçapões escondidos, passagens secretas, figuras sombrias e sorumbáticas, heróis trágicos pasteurizados, vilões malévolos, donzelas sofredoras – em que apenas certo *contraste* entre passado e presente, entre ignorância e verdade, entre vilania e heroísmo bastava para causar a impressão de sublime. Nesse sentido, o sobrenatural, a percepção de uma *possibilidade* outra, instável e ameaçadora, da realidade não era de fato aproveitada nesse primeiro momento da ficção de horror: o elemento sobrenatural, quando não *falso* (sendo revelado ao final, em uma manobra até hoje cara a muitas produções, notadamente no cinema e na televisão), é parte do jogo de evocação da Idade Média, era de *trevas* na qual a danação e o milagre eram frequentes, e o Diabo caminhava à luz do dia. Ao final do século XVIII, quando as fórmulas do romance gótico davam sinais evidentes de cansaço, novas ficções já influenciadas pelas especulações românticas surgiram, colocando em cena o elemento sobrenatural dentro de um escopo mais ambíguo, inquietante. O romance *Manuscrito encontrado em Saragoça*, escrito pelo nobre e aventureiro polonês Jan Potocki e publicado entre 1805 e 1810, apresenta em sua trama fragmentária e labiríntica eventos ocorridos na Espanha anterior ao século XVIII, envolvendo ciganos, cabalistas, inquisidores, nobres e inúmeros elementos sobrenaturais que *poderiam* ser entendidos como reais, consistentes, ou imaginários, frutos de logro e manipulação conspiratória. Já a novela *O Diabo apaixonado* (1792), de Jacques Cazotte, apresenta uma relação amorosa entre um demônio e um nobre espanhol (novamente, a Espanha anterior ao "Século das Luzes" surge como ambientação mais adequada, pitoresca); a essência sobrenatural do Demônio disfarçado de mulher que busca seduzir o protagonista, esse velho tema medieval, permanece por boa parte da trama ambivalente. Nessas duas narrativas revolucionárias, logo seguidas pelas criações de prosadores da narrativa romântica como E. T. A. Hoffmann, Ludwig Tieck, Charles Nodier, Walter Scott, temos um enredo regido pelo princípio da ambiguidade, da impossibilidade categórica de definição do *mundo* em que a história se desenvolve – se um mundo regido pelo sobrenatural ou se um mundo mais prosaico, no qual a intervenção de entidades não humanas ocorre apenas no caso da fraude. Essa indecisão é o alicerce do fantástico na arte e na ficção; mas as *soluções* possíveis para ela constituem o ponto de discordância fundamental das teorias sobre o tema em termos estéticos.

Se o ponto de encontro de muitas teorias sobre o fantástico está na questão da origem, com o surgimento de uma ficção, ao final do século XVIII, baseada na indeterminação da existência de uma esfera na qual forças sobrenaturais e irracionais determinariam o curso dos eventos, podemos também localizar o ponto de discordância: a *dimensão e o alcance* dessa ambiguidade, que por uma espécie de espelhamento negativo acaba por ser o elemento de construção desse mundo sobrenatural e ameaçador. Dentro da ficção, tais limites se estruturam na questão central da narrativa fantasiosa: até que ponto suspender as certezas e prolongar a ambiguidade, a indecisão a respeito do mundo em que os personagens se encontram? Para alguns teóricos (sobretudo aqueles mais próximos ao estruturalismo, desde Todorov), seria impossível manter essa tensão pela incerteza por muito tempo: em algum momento, haveria a *opção* entre um dos mundos possíveis e o fantástico se diluiria em outras formas de construção narrativa, sendo, nesse sentido, uma espécie de *efeito* antes de ser um gênero, uma forma de construção narrativa sólida. Essa noção formalista e funcional daquilo que denominamos aqui assombro se aproxima bastante do efeito de *Unheimlich* descrito por Freud em seu ensaio de mesmo título, publicado em 1919. Para Freud, por um efeito de dissonância cognitiva, aquilo que seria familiar (*Heimlich*), portanto tranquilizador e próximo, torna-se estranho, distante, ameaçador. Mas a análise estrutural prolonga a percepção freudiana para o *tratamento* da instabilidade diante do real. Contudo, uma posição contrária a tal interpretação poderia partir da mesma intuição freudiana e chegar a conclusões bem diferentes: mesmo quando a narrativa toma um rumo tranquilizador, normalizante, e faz sua opção, algo da estranheza original persiste na narrativa. Freud, nesse ensaio, analisou um caso literário: o conto *O homem de areia*, de E. T. A. Hoffmann, publicado em 1816. Nesse movimentado conto, diversos temas usuais do acervo narrativo fantástico se cruzam – o ser artificial, a criatura sobrenatural disfarçada, a maldição, o pacto infernal – na história de um jovem que conheceu na infância (seria uma alucinação?) o ser sobrenatural do título e que se enamora por um ser artificial. No final, tudo se resolve em um aparente final feliz, logo desfeito pelo retorno da mania do protagonista, que, acossado pela *visão* do homem de areia que o persegue, perde a razão e, afinal, comete suicídio. A resolução do conto, embora apele para uma justificativa racional (de fato, o protagonista estava acossado por um tipo de loucura furiosa), não possibilita a superação imediata da sensação de mistério e inquietude diante da figura (sobrenatural?) do "homem de areia" e seu pavoroso *comércio*, na forma da troca de favores pelos olhos de suas vítimas.

Se dentro da narrativa o problema já é bastante crítico, as *fronteiras* do fantástico tornam-se ainda mais desafiadoras se pensarmos em termos mais amplos, de cultura e história. Comentamos que as diversas teorias sobre o tema encontraram uma posição comum no estabelecimento de uma origem, mas isso não quer dizer que todas concordem com o ponto de chegada da ideia de fantástico. No último capítulo do livro *Introdução à litertura fantástica*, Todorov declara que o fantástico teria terminado no início do século XX, quando os tabus que o movimentavam tematicamente se tornaram obsoletos graças à psicanálise. A estranheza seria mantida como uma essência natural da própria literatura contemporânea, exemplificada pelas narrativas de Franz Kafka, por exemplo. Essa concepção entrava em choque com outra, bem mais ampla, que estabelecia no gótico do século XVIII algo como um descobrimento operacional e autoconsciente do fantástico, não sua origem. Na já mencionada antologia compilada por Borges, Bioy Casares e Silvina Ocampo, textos de Chuang-Tzu (que viveu na China do século IV a.C.), do *Satíricon* (60 d.C.) de Petrônio, das *Mil e uma noites* e de Emanuel Swedenborg (cientista de múltiplos talentos e espiritualista sueco que viveu entre os séculos XVII e XVIII) se cruzam com material produzido por Eugene O'Neill ou Julio Cortázar. Lovecraft entenderia o fantástico como a formalização estética de uma sensação primordial de medo diante do desconhecido, essencial na formação da mente e da civilização humana. Já Roger Caillois buscou em pinturas pouco conhecidas ou analisadas do Renascimento uma base muito mais filosófica que literária para sua noção de fantástico como rompimento das múltiplas camadas de *legalidade cotidiana*. Portanto, algumas teorias sobre o fantástico enquanto questão estética elevam o conceito a um princípio antropológico complexo. As novas interações narrativas fornecidas pelo audiovisual, por outro lado, aprofundaram esse debate, adicionando complexidade; qual seria o modelo de *ambiguidade* em um filme, uma vez que as imagens são vistas, e não narradas por um narrador eventualmente pouco confiável? O aspecto simbólico e o efeito mimético no cinema constituiriam uma quebra na divisão usual entre um mundo que admite o sobrenatural e outro que não admite, estabelecida pela crítica formalista? O fantástico evocado pelo novo meio audiovisual poderia, por sua vez, realimentar a produção literária com um novo arsenal de efeitos?

Assim, o debate teórico em torno dessas histórias de assombro está longe de terminar. Mas a impossibilidade de uma absoluta precisão teórica – consideravelmente mais desenvolvida no caso da narrativa realista e mesmo de certos gêneros bem estabelecidos, como o policial ou a ficção científica – contribui, de certa forma, para a própria configuração da *ideia* de fantástico, instituída com a força da estranheza na arte e na ficção. De fato, apesar de toda a racionalidade explicativa, de todo o progresso da ciência, do desenvolvimento da psicanálise, do avanço em termos sociais da humanidade, as narrativas de cunho assombroso – como as que estão nesta antologia – preservam seu efeito de estranheza, essa perturbação da noção de realidade estabelecida que faz com que uma história tenha esse sabor especial de descoberta mesmo após sucessivas releituras.

Sobre esta coletânea

Os dezoito contos apresentados nesta coletânea buscam mapear múltiplas tendências dessa literatura calcada no sobrenatural, inexplicável, em seu momento de apogeu:

entre o início do século XIX e as primeiras décadas do século XX. A expansão do fantástico – mimetizando aquilo que ocorrera com a narrativa gótica – foi ampla e atingiu uma imensa multiplicidade de idiomas e tradições culturais, o que buscamos refletir aqui: há contos em inglês, francês, espanhol, alemão, russo, português, cobrindo tradições culturais variadas, desde o romantismo (que tanto colaborou para uma elaboração mais sofisticada do sobrenatural empregado no fantástico) até o decadentismo *fin-de-siècle*, de elegantes representações de subjetividade a uma recuperação brutal da matéria histórica tendo por base certa formulação *realista* de eventos extraordinários, da especulação de natureza filosófica à abordagem lúdica da percepção aparentemente sólida que temos da realidade. Essa multiplicidade se reflete na variedade temática, na demonstração fluida da multiplicidade de formas de instabilidade cognitiva, espiritual e metafísica buscada pelas narrativas assombrosas. Assim, há histórias de fantasmas que carregam na aparição tenebrosa a condensação de nossos medos atávicos. Há narrativas de busca pelo além, pela dimensão espiritual que se situaria depois dos limites de nossa existência física, marcadas ora pela suave ironia, ora pela materialidade bruta do pesadelo de uma existência *eterna* em domínios infernais. Há a recuperação de um passado dominado pela irracionalidade do medo primitivo na forma de figuras sobrenaturais (como a bruxa) ou como aparições nos momentos em que nossa vigilante racionalidade parece impotente (o sonho). Há a percepção de terror diante de pequenos fragmentos do cotidiano e a construção de complicadas representações do mal. Temos, sobretudo, tramas que trabalham a ambiguidade e a ambivalência de nossa posição diante de uma realidade que, apesar do árduo trabalho da racionalidade, não raro apresenta camadas de mistério que ameaçam mergulhar a existência em uma percepção pavorosa, ainda que fugaz, como uma imagem ameaçadora que se forma no golpe de vista.

Por fim, em um ensaio publicado na primeira página de um jornal francês do final do século XIX, o escritor Guy de Maupassant faz uma espécie de ode ao maravilhoso, ao mistério, às superstições, lamentando que estejam cedendo espaço à ciência, ao progresso, às explicações que empurram "os limites do maravilhoso para trás".

Primeira edição
© Editora Carambaia, 2018

Esta edição
© Editora Carambaia
Coleção Acervo, 2019
1ª reimpressão, 2022

Preparação
Liana Amaral
Ivone Benedetti

Revisão
Ricardo Jensen de Oliveira
Vanessa Gonçalves
Huendel Viana

Projeto gráfico
Bloco Gráfico

CIP-BRASIL. CATALOGAÇÃO NA
PUBLICAÇÃO/SINDICATO NACIONAL
DOS EDITORES DE LIVROS, RJ/
C781/ *Contos de assombro*/Ivan Turguêniev...
[*et al.*]; tradução Ari Roitman... [*et al.*];
seleção e posfácio Alcebíades Diniz. – [2. ed.]
São Paulo: Carambaia, 2019.
256 p.; 20 cm. [Acervo Carambaia, 11]
Tradução de vários contos em vários idiomas.
ISBN 978-85-69002-64-2
1. Contos. 2. Contos de terror. I. Turguêniev,
Ivan, 1818-1883. II. Roitman, Ari. III. Diniz,
Alcebíades. IV. Série.
22-76378/CDD 808.831/CDU 82-34(081.1)

Meri Gleice Rodrigues de Souza
Bibliotecária – CRB-7/6439

Editorial
Diretor editorial Fabiano Curi
Editora-chefe Graziella Beting
Editora Livia Deorsola
Editor-assistente Kaio Cassio
Contratos e direitos autorais Karina Macedo

Arte
Editora de arte Laura Lotufo
Produtora gráfica Lilia Góes

Comunicação e imprensa
Clara Dias

Administrativo
Lilian Périgo

Comercial
Fábio Igaki

Expedição
Nelson Figueiredo

Atendimento a leitores e livrarias
Meire David

Fontes
Untitled Sans, Serif

Papel
Pólen Soft 80 g/m²

Impressão
Ipsis

Editora Carambaia
Av. São Luís, 86, cj. 182
01046-000 São Paulo SP
contato@carambaia.com.br
www.carambaia.com.br

ISBN
978-85-69002-64-2